药　师　佛
Medizin Buddha

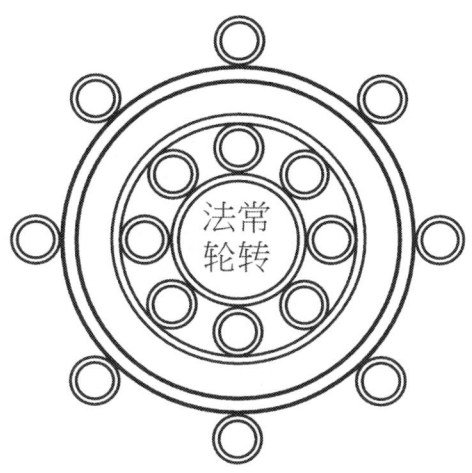

Bhaishajyaguru

Chinesisch - Deutsch

Deutsche Übersetzung von

Shay Whar Liu Kroeber

 tredition®

ISBN Nr. 978-3-8491-2082-5 (Paperback)
ISBN Nr. 978-3-8491-2083-2 (Hardcover)
ISBN Nr. 978-3-8491-2055-9 (e-Book)

出版社 ： tredition, Hamburg, Germany | www.tredition.de
封面佛像提供 ： 慧日网站 | www.chuanxi.com.cn
封面和法轮设计 ： Katharina Joanowitsch & 刘 雪 华

谢谢科立乔，科立凯和 Brigitte Pönnighaus 协助德文校阅工作。
谢谢 Katharina Joanowitsch 的封面设计、排版 和校阅。

出版者联络网站：kassandraliu@yahoo.de

ISBN Nr. 978-3-8491-2082-5 (Paperback)
ISBN Nr. 978-3-8491-2083-2 (Hardcover)
ISBN Nr. 978-3-8491-2055-9 (e-Book)

Verlag: tredition, Hamburg, Germany | www.tredition.de
Abbildung Cover: HuiRi Kloster, China | www.chuanxi.com.cn
CoverDesign & Rad des Dharma: Katharina Joanowitsch, Shay Whar Kroeber

Ich danke Sebastian Kröber, Alexander Kröber und Brigitte Pönnighaus fürs Korrektur-Lesen in deutscher Übersetzung, und Katharina Joanowitsch für die Bearbeitung für Cover, Layout, Satz und Korrektur-Lesen.

Herausgeberin Shay Whar Kroeber, E-Mail: kassandraliu@yahoo.de

前 言 一

药师经是在中国唐朝时 (618–907) 三藏法师玄奘从印度取经回来之后把这本梵文经书用中国变体 文，也就是当时简单的普通话，翻译成中文版，希望佛经易於读诵，将来能普及民众。

即使到现代只要有一般中文程度的人都能轻易地理解唸诵。因为佛陀教育是不分贫富贵贱都可以来学习的。

基于这样的理念，我尝试着把这本药师经从中文用现代 的德文白话翻成德文版。书的左面是当今中外通用的简字中文，字下面有拼音，右面是相对的德文翻译。

在此祝福读者们学佛法喜充满！身心康安！事事如意！

三宝弟子玅福合十
西元两千十八年七月于德国汉堡

Vorwort I

„Das Sutra über Medizin Buddha" wurde schon in der Tang Dynastie (618 – 907) in die damalige einfachste chinesische Umgangssprache übersetzt, sodass es bis heute noch für die Menschen, die allgemeine Sprachkenntnisse besitzen, zu lesen ist. Die Übersetzungsmeister hofften, dass dieses Sutra für jedermann zugänglich und zu jeder Zeit verständlich sein sollte. Denn, vor Buddha ist jeder gleichberechtigt. Mit dieser gleichen Überzeugung habe ich das Sutra vom Chinesischen in die moderne deutsche Sprache übersetzt.

Das Buch ist so gestaltet, dass auf der linken Seite der chinesische Text steht, und zwar in der zur Zeit in China und in anderen Ländern gebrauchten vereinfachten chinesischen Schrift mit Pin-Yin versehen, für die Leute, die eventuell auch gern in Chinesisch lesen möchten, und auf der rechten Seite die entsprechende deutsche Übersetzung.

Ich wünsche den Lesern viel Freude, Gesundheit und Erfolg, egal was Sie sich auch wünschen, möge es in Erfüllung gehen.

Shay Whar Liu Kroeber
Hamburg, Deutschland / Juli 2018

前　言　二

药师琉璃光如来本愿功德经，又简称为药师经。为什么我要翻译这部经呢？可能有些不是佛教徒的德国人也听过释迦牟尼佛，阿弥陀佛，观世音菩萨或弥勒菩萨，可是有多少人知道药师佛呢？其实药师佛在中国，台湾，西藏和日本等佛教地区和释迦牟尼佛，阿弥陀佛一样非常受人们崇敬。在名山大刹正殿，中间都会供奉释迦牟尼佛，两边分别供奉药师佛和阿弥陀佛。

再说，聪明美丽，健康长寿和拥有财富是生在这地球上每个人，不论古今中外，都希求的。如果已经有了的人怎样保有不失去它们。还没有得到的人怎样如理如法地追求到呢？

药师佛成佛之前发下十二大愿，帮助众生先能求到物质所需，再进而求精神灵性的升华而最终觉悟。

在这一部经里详述众生如何追求聪明美丽、健康长寿和改善个人品德实践，如何追求到财富的人生理想，然后一步步走得上康庄大道。又如何在心性和行为上修明法，从日常生活上走上这美好的方法。

那为甚么我要把这部经翻成德文呢？因为我住德国已经三十多年了，比住我的出生地台湾还久。我观察周遭的亲人、朋友和邻居们，各各都希望能得到健康、聪明、美丽和财富。如果能得到这部德文版的药师经，就可以供给说德文的众生作参考。

中国医家和道家提倡把人体看成是个小宇宙。身心协调人才会健康。

佛家又说，"相由心生"或"一切为心造"。也就是说人要先改善自己的心行，再"由心转境"才能把环境改善。

然而修行也不是一蹴可几，要看个人的用心程度和意愿大小来决定。看你如何就事、处理得好，心性就提高。修行在生活中会出现种种障碍，要去对待和解决，就像通过一关、考试及格。修心的程度，就像面对考试、接受及格的障碍，然而待人和接物，都像考试一样面对。

一层。没有处理好的话，下次同样的境况还会再出现。就这样心性会慢慢地成长。

在此祝福大家能如愿以偿获得且保有健康长寿，万一生病也能遇到良医，更能渐渐修得聪明美丽和财富，甚至于最终得到无上正等正觉！

三宝弟子纱福
写于西元两千十八年七月于德国汉堡

PS：请恭敬保持这本经书，不要带到不净的场所看！佛家印光大师说"一分恭敬一分受用，十分恭敬十分受用"，也就是说对古人的智慧结晶有恭敬心，自己才能开智慧。

Vorwort II

„Das Sutra über Medizin Buddha, Tathagata des Lichts Lapislazuli, seine grundsätzlichen Gelübde, Tugenden und Verdienste" nennen wir es vereinfacht auch **„Das Sutra über Medizin Buddha"**.

Warum habe ich dieses Sutra ins Deutsche übersetzt?

Ich glaube, es gibt bestimmt viele deutschsprachige Menschen, die schon mal von Shakyamuni Buddha, Amitabha Buddha, Bodhisattva Avalokyteshvara oder Bodhisattva Maitreya gehört, aber noch nie von Medizin Buddha gehört haben.

Dennoch ist Medizin Buddha in buddhistischen Regionen wie in China, Taiwan, Tibet und Japan genau so bekannt und wird genau so geehrt wie Shakyamuni Buddha und Amitabha Buddha.

In China, auf den berühmten Bergen, wo buddhistische Tempel erbaut wurden, werden die drei Buddhastatuen, Shakyamuni Buddha in der Mitte, Amitabha Buddha und Medizin Buddha jeweils an der linken und rechten Seite, in der großen Haupthalle aufgestellt, damit die Gläubigen zu allen Buddhas beten können, egal ob es um die irdischen oder spirituellen Angelegenheiten geht. Klug, schön, gesund, langlebig und vermögend zu sein, das ist es, was die Menschen sich auf dieser Erde zu allen Zeiten und in allen Ländern wünschen.

Wenn jemand dies schon besitzt, wie kann man all das noch lange behalten, nicht in kurzer Zeit wieder verlieren ? Und wenn man dies noch nicht hat, wie kann man das auf eine anständige Weise bekommen ?

In diesem Sutra hat Shakyamuni Buddha uns die Gebrauchsanweisungen für ein glückliches Leben ausführlich erzählt:

- Wie kann man Klugheit, Schönheit, Langlebigkeit und Vermögen erzielen?
- Wie kann man das jetzige unzufriedene Leben verbessern?
- Wie kann man vom Herzinnern aus durch gutes Benehmen und geschicktes Handeln die Lebensumgebung positiv verändern?

Und Shakyamuni Buddha hat uns noch einen Lehrer empfohlen, Medizin Buddha. Damit wir den richtigen und gesunden Weg zu unserem Ziel nehmen können.

Medizin Buddha hat 12 großen Gelübde abgelegt, als er noch auf dem Bodhisattva-Pfad war, um allen Lebewesen dazu verhelfen, sich zuerst die materiellen Wünsche zu erfüllen, sich dann auf die höhere geistige Ebene zu heben und schließlich die Erleuchtung zu erlangen.

Noch einmal, aus welchem Grund habe ich dieses Sutra ins Deutsche übersetzt? Vielleicht hoffe ich, dass ich mit diesem kleinen Beitrag meine Verbundenheit zur deutschen Sprache und Kultur zum Ausdruck bringen kann. Außerdem wohne ich seit über dreißig Jahren in Deutschland, länger als ich in meinem Geburtsort Taiwan gelebt habe und stelle fest, daß die Menschen sich hier genauso wie überall auf der Welt auch Gesundheit, Schönheit und Vermögen wünschen.

Ich dachte, wenn es eine deutsche Übersetzung vom Sutra Medizin Buddha gäbe, würde das nicht nur zur Information beitragen, sondern auch ein ganz praktisches Nachschlagewerk fürs Berufs- und Privatleben sein.

Die chinesischen Traditionsmediziner und die Dauisten betrachten den einzelnen menschlichen Körper als ein kleines Universum. Die Gesundheit kann nur gefördert werden, wenn der Körper und der Geist in Einklang sind.

Die Buddhisten glauben, dass das Äußere und die Umgebung vom Herzen aus gesteuert und dargestellt werden. Das heißt, man soll sich vom Herzen aus verbessern, dann kann man die Umwelt verbessern.

Theoretisch gesehen mag man damit einverstanden sein, doch die Umsetzung im praktischen Leben ist nicht so einfach. Wir wissen ja, Erfolg hängt vom Willen und Fleiß ab.

Auch wenn wir versuchen im realen Leben die Buddhistische Disziplin zu praktizieren und Methoden anwenden zu wollen, tauchen am Anfang viele unerwartete Hindernisse auf, seien es menschliche Beziehungen, oder sachliche Ereignisse etc., so werden wir auf die Probe gestellt.

Es kommt darauf an, ob wir die Situation meistern können. Wenn wir sie gut überwinden können, dann sind wir ein Stückchen gewachsen, wenn nicht, dann befinden wir uns bestimmt bei nächster Gelegenheit in der ähnlichen Lage wieder, und zwar unerwartet natürlich, bis wir es eines Tages endlich verbessern können.

Hiermit wünsche ich allen Gesundheit, Schönheit, Erfolg und schließlich, die höchste Erleuchtung erlangen zu können.

Shay Whar L. Kroeber
Juli, 2018 / Hamburg, Deutschland

PS. Bitte behandeln Sie grundsätzlich die Sutras, sowie die Bibel oder ähnliche Bücher mit Respekt. Nicht in Toiletten und solchen Orten aufbewahren und lesen.

Der buddhistische Meister Ying-Guang sagte:
„Wenn wir ein bißchen Respekt allem gegenüber zeigen, bekommen wir auch ein bißchen Vorteil zurück; wenn wir allem eine große Menge Respekt entgegenbringen, bewirkt es, dass wir dann eine große Menge Gunst erlangen."

药师琉璃光如来本愿功德经
yao shi liu li guang ru lai ben yuan gong de jing

唐三藏法师玄奘奉诏译
tang san zang fa shi xuan zang feng zhao yi

如是我闻。一时薄伽梵。遊化诸
ru shi wo wen yi shi bo qie fan you hua zhu

国。至广严城。住乐音树下。与
guo zhi guang yan cheng zhu yue yin shu xia yu

大苾蒭众八千人俱。菩萨摩诃萨
da bi chu zhong ba qian ren ju pu sa mo he sa

三万六千。及国王大臣。婆罗门
san wan liu qian ji guo wang da chen po luo men

。居士。天。龙。药叉。人。非
ju shi tian long yao cha ren fei

人等。无量大众。恭敬围绕而为
ren deng wu liang da zhong gong jing wei rao er wei

说法。
shuo fa

Bhaishajyaguru
Das Sutra über Medizin Buddha

Das Sutra über Medizin Buddha, Tathagata des Lichts Lapislazuli. Die Erfüllung seiner Gelübde, seiner Tugenden und Wohltaten.

Übersetzt vom Sanskrit ins Chinesische von Tripitaka Meister Xuan Zang in der Tang Dynastie

So habe ich einmal gehört: Damals verreiste Shakyamuni Buddha, der Welt-Erhabene, begleitet von achttausend großen Bhiksus, durch verschiedene Länder, um die Menschen in Dharma zu unterrichten. Als er in Vaishali ankam, weilte er unter dem Baum der Musik. Eine immense Menge, nämlich bestehend aus sechsunddreißigtausend großen Bodhisattvas, Königen, Ministern, Brahmins, Laien, und den Acht Typen von Himmelswesen, also Menschen und ver-

尔时曼殊室利法王子。承佛威神
er shi man shu shi li fa wang zi　　cheng fo wei shen

从座而起。偏袒一肩。右膝着地
cong zuo er qi　　pian tan yi jian　　you xi zhuo di

。向薄伽梵。曲躬合掌。白言。
xiang bo qie fan　　qu gong he zhang　　bai yan

世尊。惟愿演说如是相类诸佛名
shi zun　　wei yuan yan shuo ru shi xiang lei zhu fo ming

号。及本大愿殊胜功德。令诸闻
hao　　ji ben da yuan shu sheng gong de　　ling zhu wen

者。业障销除。为欲利乐像法转
zhe　　ye zhang xiao chu　　wei yu li le xiang fa zhuan

时诸有情故。
shi zhu you qing gu

尔时世尊。赞曼殊室利童子言。
er shi shi zun　　zan man shu shi li tong zi yan

善哉善哉。曼殊室利。汝以大悲
shan zai shan zai　　man shu shi li　　ru yi da bei

schiedenen nichtmenschlichen Lebewesen, versammelte sich respektvoll um Buddha, während er das Dharma erläuterte.

In jenem Moment empfing Bodhisattva Manjushri, Prinz des Dharmas, die würdevolle spirituelle Ausstrahlung Buddhas, stand auf von seinem Platz, entblößte seine Schulter und kniete sich auf sein rechtes Bein. Er verbeugte sich tief, die Hände faltend, und er sprach respektvoll Buddha an:

„Hochverehrter Lehrer, ich bitte Sie von den verschiedenen Buddhas mit ihren Titeln, ihren außerordentlichen Gelübden und ihren großartigen Wohltaten zu erzählen. Denn, wenn die Lebewesen davon hören und daraus lernen, können sie ihre karmischen Hindernisse überwinden. Außerdem können die Lebewesen in der zukünftigen Dharma-Simili-Epoche auch großen Nutzen und Freude daraus ziehen."

。劝请我说诸佛名号。本愿功德
。为拔业障所缠有情。利益安乐
像法转时诸有情故。汝今谛听。
极善思惟。当为汝说。曼殊室利
言。唯然愿说。我等乐闻。

佛告曼殊室利。东方去此过十殑
伽沙等佛土。有世界名净琉璃。
佛号药师琉璃光如来。应正等觉
。明行园满。善逝。世间解。无

Buddha lobte den jungen Prinz Manjushri:

"Sehr gut, sehr gut, Manjushri. Aus großer Barmherzigkeit hast Du mich gebeten, Euch allen von den verschiedenen Buddhas mit ihren Titeln und ihren Gelübden, ihren Verdiensten und Wohltaten zu erzählen. Höre jetzt aufmerksam zu und denke sehr genau darüber nach, was ich Euch gleich erzählen werde."

Bodhisattva Manjushri antwortete daraufhin:

"Hochverehrter Lehrer, wir freuen uns sehr zu hören, was Sie uns gleich erzählen werden."

Buddha sagte dann zu Manjushri:

"Östlich von unserer Welt, weit über viele Buddhaländer, so viele wie Sandkörner in zehn Ganges Flüssen entfernt, ist eine Welt, die „Reines Lapislazuli"

上士。调御丈夫。天人师。佛。
shang shi　　tiao yu zhang fu　　tian ren shi　　fo

薄伽梵。
bo qie fan

曼殊室利。彼世尊药师琉璃光如
man shu shi li　　bi shi zun yao shi liu li guang ru

来。本行菩萨道时。发十二大愿
lai　　ben xing pu sa dao shi　　fa shi er da yuan

。令诸有情。所求皆得。
ling zhu you qing　　suo qiu jie de

第一大愿。愿我来世。得阿耨多
di yi da yuan　　yuan wo lai shi　　de ah nou duo

罗三藐三菩提时。自身光明。炽
luo san miao san pu ti shi　　zi shen guang ming　　chi

然照曜。无量无数无边世界。以
ran zhao yao　　wu liang wu shu wu bian shi jie　　yi

heißt. Der Buddha dieser Welt heißt Medizin Buddha, Tathagata des Lichts Lapislazuli, mit den zehn Titeln

- Tathagata
- Arhat
- Vollkommen Erleuchteter
- Der mit vollem Geist und runder Tat
- Der unermessliches Wissen hat um das Weltliche zu überwinden
- Der Besitzer von Allwissenheit über Leben, Sterben, Ursache und Wirkung
- Das Wesen, das nicht zu übertreffen ist
- Der gewandte Spezialist für Heilung und Medizinzusammenstellung
- Lehrer für Himmelswesen und Menschen
- Buddha, der Welt-Erhabene

Manjushri, als Erhabener Medizin Buddha damals auf dem Bodhisattva Pfad die Buddhaschaft verfolgte, legte er zwölf großartige Gelübde ab, um allen Lebewesen

三十二大丈夫相。八十随形。庄
san shi er da zhang fu xiang ba shi sui xing zhuang
严其身。令一切有情。如我无异
yan qi shen ling yi qie you qing ru wo wu yi
。

第二大愿。愿我来世。得菩提时
di er da yuan yuan wo lai shi de pu ti shi
。身如琉璃。内外明彻。净无瑕
shen ru liu li nei wai ming che jing wu xia
秽。光明广大。功德巍巍。身善
hui guang ming guang da gong de wei wei shen shan
安住。焰网庄严。过于日月。幽
an zhu yan wang zhuang yan guo yu ri yue you
冥众生。悉蒙开晓。随意所趣。
ming zhong sheng xi meng kai xiao sui yi suo qu
作诸事业。
zuo zhu shi ye

zu helfen, alles zu bekommen, was sie sich wünschen.

Erstes Gelübde – Ich gelobe, wenn ich in meinem zukünftigen Leben die Anuttara-Samyak-Sambodhi erlange, von meinem Körper brillante Lichtstrahlen auszusenden, und unfassbare, unzählige und unbegrenzte Welten zu erhellen. Dieser Körper wird mit zweiunddreißig prachtvollen äußeren Merkmalen ausgestattet und von achtzig würdevollen Charakteren begleitet sein. Außerdem ermögliche ich allen Lebewesen so zu werden wie ich.

Zweites Gelübde – Ich gelobe, wenn ich in meinem zukünftigen Leben die höchste vollkommene Erleuchtung erlange, die durchsichtigen, klaren, reinen lapislazulifarbenen Lichtstrahlen weit und breit von meinem Körper von innen nach außen auszusenden.

Diese Gestalt wird geschmückt sein mit großartigen Merkmalen, die durch tugendhaftes Benehmen verdient

第三大愿。愿我来世。得菩提时。以无量无边智慧方便。令诸有情。皆得无尽所受用物。莫令众生有所乏少。

第四大愿。愿我来世。得菩提时。若诸有情。行邪道者。悉令安住菩提道中。若行声闻独觉乘者。皆以大乘而安立之。

wurden. Und sie wird friedlich in der Mitte eines Lichtnetzes weilen, das heller und emporragender als Sonnen- und Mondschein ist. Dieses Licht erweckt alle Lebewesen, die in Dunkelheit schlummern und ermöglicht es ihnen, die Augen zu öffnen, so dass sie erkennen können, was sie sich in ihrem Leben wünschen.

Drittes Gelübde – Ich gelobe, wenn ich in meinem zukünftigen Leben die höchste vollkommene Erleuchtung erlange, den Lebewesen mit meiner grenzenlosen Weisheit und Geschicklichkeit zu helfen, die notwendigen materiellen Dinge zu bekommen, so dass es ihnen an nichts mehr fehlt.

Viertes Gelübde – Ich gelobe, wenn ich in meinem zukünftigen Leben die höchste vollkommene Erleuchtung erlange, alle Lebewesen, die auf dem Irrweg sind, wieder auf den richtigen, erleuchteten Weg zu leiten, damit sie auf diesem Weg bleiben können.

Und ich bringe auch diejenigen, die sich auf

第五大愿。愿我来世。得菩提时
di wu da yuan yuan wo lai shi de pu ti shi

。若有无量无边有情。于我法中
ruo you wu liang wu bian you qing yu wo fa zhong

。修行梵行。一切皆令得不缺戒
xiu xing fan hen yi qie jie ling de bu que jie

。具三聚戒。设有毁犯。闻我名
ju san ju jie she you hui fan wen wo ming

已。还得清净。不堕恶趣。
yi huan de qing jing bu duo e qu

第六大愿。愿我来世。得菩提时
di liu da yuan yuan wo lai shi de pu ti shi

。若诸有情。其身下劣。诸根不
ruo zhu you qing qi shen xia lie zhu gen bu

具。丑陋顽愚。盲聋瘖痖。挛躄
ju chou lou wan yu mang long yin ya luan bi

背偻。白癞颠狂。种种病苦。闻
bei lou bai lai dian kuang zhong zhong bing ku wen

abweichenden Sravaka und Pratyeka Wegen befinden dazu, auf den Mahayana Weg zu wechseln und dort zu bleiben.

Fünftes Gelübde – Ich gelobe, wenn ich in meinem zukünftigen Leben die höchste vollkommene Erleuchtung erlange, den unzähligen Lebewesen zu verhelfen, das Dharma zu befolgen und aufrichtiges Benehmen mit den Drei Umfassenden Geboten zu praktizieren. Selbst diejenigen, welche die Drei Gebote verletzt und gebrochen haben, werden, sobald sie meinen Namen hören, auf den richtigen Weg zurückgeleitet und nicht mehr in die finsteren Ebenen fallen.

Sechstes Gelübde – Ich gelobe, wenn ich in meinem zukünftigen Leben die höchste vollkommene Erleuchtung erlange, den Lebewesen, die mit mangelhaften körperlichen Eigenschaften wie z.B. Hässlichkeit, Dummheit, Blindheit, Taubheit, Stummheit, Gliederverstümmelung, Gehbehinderung, Rachitis, Epilepsie und Geistesgestörtheit oder

我名已。一切皆得端正黠慧。诸
wo ming yi   yi qie jie de duan zheng xia hui   zhu
根完具。无诸疾苦。
gen wan ju   wu zhu ji ku

第七大愿。愿我来世。得菩提时
di qi da yuan   yuan wo lai shi   de pu ti shi
。若诸有情。众病逼切。无救无
ruo zhu you qing   zhong bing bi qie   wu jiu wu
归。无医无药。无亲无家。贫穷
gui   wu yi wu yao   wu qin wu jia   pin qiong
多苦。我之名号。一经其耳。众
duo ku   wo zhi ming hao   yi jing qi er   zhong
病悉除。身心安乐。家属资具。
bing xi chu   shen xin an le   jia shu zi ju
悉皆丰足。乃至证得无上菩提。
xi jie feng zu   nai zhi zheng de wu shang pu ti

mit anderen Krankheiten belastet sind, zu helfen.

Sobald sie meinen Namen hören werden sie mit ansehnlichen, gesunden Körpereigenschaften und mit aufgeweckter Mentalität ausgestattet. Sie werden nicht mehr an irgendwelchen Krankheiten leiden müssen.

Siebtes Gelübde – Ich gelobe, wenn ich in meinem zukünftigen Leben die höchste vollkommene Erleuchtung erlange, den Lebewesen, die von vielen verschiedenen Krankheiten bedroht sind, die keine Hilfe finden, die nicht wissen wohin sie sich wenden können, die keinen Arzt und medizinische Versorgung haben, die keine Familie, Verwandte und kein Zuhause haben, die an Not und Armut leiden, zu helfen.

Sollte mein Name einmal in ihren Ohren klingen, werden sie von allen Krankheiten genesen. Sie finden dann sowohl in ihrem Körper als auch in ihren Herzen Frieden und Freude, und sie genießen ein glückliches Leben mit Familie, Verwandten und reichlichem

第八大愿。愿我来世。得菩提时
di ba da yuan　yuan wo lai shi　de pu ti shi

。若有女人。为女百恶之所逼恼
ruo you nu ren　wei nu bai e zhi suo bi nao

极生厌离。愿舍女身。闻我名已
ji sheng yan li　yuan she nu shen　wen wo ming yi

。一切皆得转女成男。具丈夫相
yi qie jie de zhuan nu cheng nan　ju zhang fu xiang

。乃至证得无上菩提。
nai zhi zheng de wu shang pu ti

第九大愿。愿我来世。得菩提时
di jiu da yuan　yuan wo lai shi　de pu ti shi

。令诸有情。出魔羂网。解脱一
ling zhu you qing　chu mo juan wang　jie tuo yi

切外道缠缚。若堕种种恶见稠林
qie wai dao chan fu　ruo duo zhong zhong e jian chou lin

。皆当引摄。置于正见。渐令修
jie dang yin she　zhi yu zheng jian　jian ling xiu

Vermögen. Schließlich können sie sogar die höchste Erleuchtung erlangen.

Achtes Gelübde – Ich gelobe, wenn ich in meinem zukünftigen Leben die höchste vollkommene Erleuchtung erlange, den Frauen, die extrem von den hundert weiblichen Ärgernissen, Sorgen und Lastern bedroht sind und darunter leiden und besonders denen, die des schwachen Frauen-Daseins überdrüssig sind, zu helfen.

Wenn sie meinen Namen hören, erfülle ich ihnen den Wunsch, nicht mehr als schwache Frauen zu leben sondern sich in starke Wesen zu verwandeln, mit würdevollen äußeren Merkmalen ausgestattet zu sein und schließlich sogar die höchste Erleuchtung erlangen zu können.

Neuntes Gelübde – Ich gelobe, wenn ich in meinem zukünftigen Leben die höchste vollkommene Erleuchtung erlange, allen Lebewesen dazu zu verhelfen,

习 诸 菩 萨 行 。 速 证 无 上 正 等 菩 提
。

第 十 大 愿 。 愿 我 来 世 。 得 菩 提 时
。 若 诸 有 情 。 王 法 所 加 。 缚 录 鞭
挞 。 系 闭 牢 狱 。 或 当 刑 戮 。 及 余
无 量 灾 难 凌 辱 。 悲 愁 煎 逼 。 身 心
受 苦 。 若 闻 我 名 。 以 我 福 德 威 神
力 故 。 皆 得 解 脱 一 切 忧 苦 。

第 十 一 大 愿 。 愿 我 来 世 。 得 菩 提

sich vom dämonischen Netz zu entfesseln und den Abwegen zu entfliehen.

Sollten sie ins Dickicht der falschen Auffassung gefallen sein, werden sie herausgeholt und auf den richtigen Weg geleitet. Und dann praktizieren sie allmählich die Disziplinen der Bodhisattvas und begreifen schnellstens die höchste vollkommene Erleuchtung.

Zehntes Gelübde – Ich gelobe, wenn ich in meinem zukünftigen Leben die höchste vollkommene Erleuchtung erlange, den Lebewesen, die vom Gesetz verurteilt wurden, daraufhin gefesselt, geschlagen und im Kerker fest-gehalten wurden, zum Tode verurteilt wurden und unter unfassbarer, ungeheurer Demütigung gequält wurden und von Angst und Schmerzen geplagt sind, zu helfen.

Sobald sie meinen Namen hören, werden sie dank meiner mächtigen Kraft und Stärke befreit von all

时。若诸有情。饥渴所恼。为求
食故。造诸恶业。得闻我名。专
念受持。我当先以上妙饮食。饱
足其身。后以法味毕竟安乐。而
建立之。

第十二大愿。愿我来世。得菩提
时。若诸有情。贫无衣服。蚊虻
寒热。昼夜逼恼。若闻我名。专
念受持。如其所好。即得种种上

diesen Bitternissen und Leiden.

Elftes Gelübde – Ich gelobe, wenn ich in meinem zukünftigen Leben die höchste vollkommene Erleuchtung erlange, den Lebewesen, die unter Hunger und Durst leiden, zu helfen.

Wenn diese Lebewesen meinen Namen hören und ihn unablässig konzentriert rezitieren, werde ich sie zuerst mit wunderbarstem Essen und Getränk zufrieden stellen und sie schließlich mit Dharma als spirituelles Elixier für den höchsten Frieden und die Freude aufbauen.

Zwölftes Gelübde – Ich gelobe, wenn ich in meinem zukünftigen Leben die höchste vollkommene Erleuchtung erlange, den Lebewesen, die in Armut leben, ohne passende Kleidung sind, von Mücken und Fliegen geplagt werden, Kälte und Hitze ausgesetzt sind und Tag und Nacht in Not sind, zu helfen.

Sobald sie meinen Namen hören und diesen

妙衣服。亦得一切宝庄严具。华
鬘涂香。鼓乐众伎。随心所翫。
皆令满足。

曼殊室利。是为彼世尊药师琉璃
光如来。应正等觉行菩萨道时。
所发十二微妙上愿。复次。曼殊
室利。彼世尊药师琉璃光如来。
行菩萨道时所发大愿。及彼佛土
。功德庄严。我若一劫。若一劫

konzentriert und ununterbrochen rezitieren, werden ihre Wünsche unmittelbar erfüllt.

Sie bekommen alle wunderschöne Kleidung, Schmuck, Schätze, Blumengirlanden und Düfte und können Musik, Gesang und andere Unterhaltung genießen, wie ihr Herz es begehrt."

„Manjushri, dies sind die zwölf wundervollen Gelübde, die Medizin Buddha, Tathagata des Lichts Lapislazuli, der vollkommen Erleuchtete, geschworen hat, als er noch die Bodhisattvas Disziplinen praktizierte.

Manjushri, als Medizin Buddha, Tathagata des Lichts Lapislazuli, auf seinem Bodhisattva Weg um die Buddha-schaft zu erlangen war, hatte er noch mehr großartige Gelübde abgelegt.

Sein Buddhaland, das durch Tugend und Verdienst erschaffen wurde, ist so grandios. Das kann ich nicht

余 。 说 不 能 尽 。
yu shuo bu neng jin

然 彼 佛 土 一 向 清 净 。 无 有 女 人 。
ran bi fo tu yi xiang qing jing wu you nu ren

亦 无 恶 趣 。 及 苦 音 声 。 琉 璃 为 地
yi wu e qu ji gu yin sheng liu li wei di

。 金 绳 界 道 。 城 阙 宫 阁 。 轩 窗 罗
jin sheng jie dao cheng que gong ge xuan chuang luo

网 。 皆 七 宝 成 。 亦 如 西 方 极 乐 世
wang jie qi bao cheng yi ru xi fang ji le shi

界 。 功 德 庄 严 。 等 无 差 别 。
jie gong de zhuang yan deng wu cha bie

于 其 国 中 有 二 菩 萨 摩 诃 萨 。 一 名
yu qi guo zhong you er pu sa mo he sa yi ming

日 光 遍 照 。 二 名 月 光 遍 照 。 是 彼
ri guang pian zhao er ming yue guang pian zhao shi bi

mal in einer Kalpa oder noch längerer Zeit beschreiben.

Außerdem ist sein Buddhaland stets rein. Es gibt keine weibliche Schwäche, man findet keine Spuren vom Bösen und hört keinen Schrei von Schmerzen in diesem Land.

In diesem Land ist der Boden aus Lapislazuli, und die Straßenbegrenzung ist aus goldenem Seil. Sowohl die Städte, die Türme, die Paläste und die Pavillons, als auch die Balkone, die Fenster und die Dächer sind dekoriert mit sieben Sorten von Edelsteinen.

Das Land ist genau so glanzvoll und prächtig wie das Westliche Reine Land von Buddha Amitabha.

In diesem Land gibt es zwei große Bodhisattvas, einer heißt Universal Sonnenlicht, der andere heißt Universal Mondlicht. Sie sind die leitenden der unzähligen

无量无数菩萨众之上首。次补佛
wu liang wu shu pu sa zhong zhi shang shou ci bu fo

处。悉能持彼世尊药师琉璃光如
chu xi neng chi bi shi zun yao shi liu li guang ru

来正法宝藏。是故曼殊室利。诸
lai zheng fa bao zang shi gu man shu shi li zhu

有信心善男子。善女人等。应当
you xin xin shan nan zi shan nu ren deng ying dang

愿生彼佛世界。
yuan sheng bi fo shi jie

尔时世尊。复告曼殊室利童子言
er shi shi zun fu gao man shu shi li tong zi yan

。曼殊室利。有诸众生。不识善
man shu shi li you zhu zhong sheng bu shi shan

恶。惟怀贪吝。不知布施。及施
e wei huai tan lin bu zhi bu shi ji shi

果报。愚痴无智。阙于信根。多
guo bao yu chi wu zhi que yu xin gen duo

Bodhisattvas, werden einer nach dem anderen Nachfolger Medizin Buddhas und sie sind die aufrichtigen Hüter der wahren Dharma-Schätze.

Deswegen, Manjushri, sollten sich alle buddhistischen Gläubigen, Männer und Frauen, wünschen, in diesem Land wiedergeboren zu werden."

Shakyamuni Buddha sagte weiter zu Bodhisattva Manjushri:

„Manjushri, es gibt Menschen, die Gutes von Bösem nicht unterscheiden können. Sie sind gierig und geizig, spenden unfreiwillig, sie verstehen nicht das Prinzip von Freigebigkeit. Sie sind ignorant, dumm und haben keinen Glauben. Sie raffen emsig Vermögen an.

Es bereitet ihnen Unbehagen für gute Zwecke zu spenden. Wenn sie doch gezwungenermaßen etwas gespendet haben, empfinden sie so große Schmerzen

聚财宝。勤加守护。见乞者来。
ju cai bao qin jia shou hu jian qi zhe lai
其心不喜。设不获已。而行施时
qi xin bu xi she bu huo yi er xing shi shi
。如割身肉。深生痛惜。
ru ge shen rou shen sheng tong xi

复有无量悭贪有情。积集资财。
fu you wu liang qian tan you qing ji ji zi cai
于其自身。尚不受用。何况能与
yu qi zi shen shang bu shou yong he kuang neng yu
父母妻子奴婢作使。及来乞者。
fu mu qi zi nu bi zuo shi ji lai qi zhe
彼诸有情。从此命终。生饿鬼界
bi zhu you qing cong ci ming zhong sheng e gui jie
。或傍生趣。由昔人间。曾得暂
huo pang sheng qu you xi ren jian ceng de zhan
闻药师琉璃光如来名故。今在恶
wen yao shi liu li guang ru lai ming gu jin zai e

44

und Reue, als wenn ein Stück Fleisch von ihrem eigenen Körper abgeschnitten worden wäre.

Außerdem bewachen diese unzähligen gierigen und geizigen Menschen ihr Hab und Gut so sehr, dass sie nicht mal etwas für sich selbst ausgeben können, geschweige denn für ihre Eltern, Ehepartner, Kinder, Diener oder Bettler.

Wenn diese Menschen sterben, fallen sie meistens sofort in die Hungergeist- oder Tierebenen.

Jedoch, wenn sie in ihrem früheren Leben als Mensch schon einmal von Medizin Buddha gehört haben, können sie sich daran erinnern und den Namen Buddhas rezitieren, auch wenn es nur ganz kurz ist. Und so wird ihr schlechter Lebenszustand sofort aufhören und sie werden dann als Mensch wiedergeboren.

趣。暂得忆念彼如来名。即于念时。从彼处没。还生人中。得宿命念。畏恶趣苦。不乐欲乐。好行惠施。赞叹施者。一切所有。悉无贪惜。渐次尚能以头目手足。血肉身分。施来求者。况于财物。

复次。曼殊室利。若诸有情。虽于如来受诸学处。而破尸罗。有

Immerhin können sie sich noch an ihren bösen Zustand erinnern und fürchten sich vor der niedrigen Daseinsebene. Daraufhin werden sie weltliche Begierden aufgeben und praktizieren freiwillig Wohltaten und loben sogar die anderen, die auch Wohltaten tun.

Schließlich werden sie mit ihren materiellen Dingen nicht mehr geizig sein. Sie können außer ihrem Besitz sogar ihre Körperteile – ihren Kopf, ihre Augen, ihre Hände und Füße, ihr Blut und Fleisch – spenden.

Außerdem, Manjushri, gibt es Menschen, die Buddhas Lehre zwar akzeptieren, trotzdem gegen die Gebote handeln.

Oder, sie sind zwar nicht gegen die Gebote, brechen aber die Regeln. Oder, sie haben zwar weder Gebote noch Regeln gebrochen, haben aber falsche Einsichten.

虽不破尸罗。而破轨则。有于尸罗轨则。虽得不坏。然毁正见。有虽不毁正见。而弃多闻。于佛所说契经深义。不能解了。有虽多闻。而增上慢。由增上慢。覆蔽心故。自是非他。嫌谤正法。为魔伴党。如是愚人。自行邪见。复令无量俱胝有情。堕大险坑。此诸有情。应于地狱傍生鬼趣。流转无穷。

Oder, obwohl sie keine falschen Einsichten haben, geben sie auf, weitere Sutras zu lernen. Daher können sie die tiefe Bedeutung der Buddhalehre nicht wirklich begreifen. Oder, obwohl sie viel gelernt haben, werden sie überheblich. Weil sie überheblich sind, werden sie verblendet und selbstgefällig. Sie denken, sie seien im Recht, die anderen alle im Unrecht. Daher verdächtigen und verleumden sie die richtige Buddhalehre und gesellen sich zu den Dämonen.

Diese törichten Menschen geraten nicht nur selbst auf die schiefe Bahn, sondern führen auch noch unzählige andere Menschen in die gefährliche Grube. Diese Menschen verirren sich dann wechselweise in der Hölle-, Tiere-, und Hungergeist-Ebene für beinahe endlose Zeit.

Jedoch, wenn sie den Namen Medizin Buddha hören können, werden sie keine unmoralischen Taten

若得闻此药师琉璃光如来名号。便舍恶行。修诸善法。不堕恶趣。设有不能舍诸恶行。修行善法。堕恶趣者。以彼如来本愿威力。令其现前。暂闻名号。从彼命终。还生人趣。得正见精进。善调意乐。便能舍家。趣于非家。如来法中。受持学处。无有毁犯。正见多闻。解甚深义。离增上慢。不谤正法。不为魔伴。渐次

mehr begehen. Sie befolgen die weise Lehre und fallen daher gar nicht erst in die üble Ebenen hinein oder dahin zurück.

Auch diejenigen Menschen, die Übeltaten nicht vermeiden und Wohltaten nicht praktizieren können, und daher in die niedrigen Ebenen gefallen sind, können trotzdem aus Medizin Buddhas großartigen Gelübden einen Vorteil ziehen.

Sobald sie Buddhas Namen hören, wenn es auch nur ganz kurz ist, wird ihr Dasein in üblen Ebenen beendet, und sie werden bald als Mensch wiedergeboren.

Sie gewinnen aufrichtige Einsichten, lernen fleißig Dharma, stellen sich harmonisch ein, können sogar auf Weltliches verzichten und leben ohne Familienbindungen.

Sie befolgen Buddhas Lehre, und brechen keine Gebote mehr. Sie lernen aufrichtiges, tiefsinniges Dharma und

修行诸菩萨行。速得圆满。

复次。曼殊室利。若诸有情。悭贪嫉妒。自赞毁他。当堕三恶趣中。无量千岁。受诸剧苦。受剧苦已。从彼命终。来生人间。作牛马驼驴。恒被鞭挞。饥渴逼恼。又常负重。随路而行。或得为人。生居下贱。作人奴婢。受他驱役。恒不自在。

zahlreiche Sutras und werden nicht mehr selbstgefällig und überheblich. Sie gesellen sich auch nicht mehr zu den Dämonen. Nach und nach praktizieren sie Bodhisattvas Disziplinen und begreifen vollkommen Buddhas Lehre.

Außerdem, Manjushri, gibt es Menschen, die geizig, gierig und neidisch sind, sie preisen sich selbst und verleumden die anderen. Diese Menschen werden für fast unendliche Zeit in die Drei Üblen Ebenen fallen und unermessliche Leiden ertragen. Wenn sie nach diesem leidenden Leben wieder auf die Welt geboren werden, dann als Tiere wie Rinder, Pferde, Kamele oder Esel. Sie müssen Hiebe und Peitsche, Hunger und Durst aushalten. Täglich tragen sie schwere Last umher, und trotten nur auf Befehl die Straße entlang.

Oder sie werden als Mensch niederen Ranges geboren, als Diener oder Sklaven, die ständig Befehle von anderen ausführen und sie fühlen sich nie als eigener Herr.

若昔人中。曾闻世尊药师琉璃光
ruo xi ren zhong　　ceng wen shi zun yao shi liu li guang
如来名号。由此善因。今复忆念
ru lai ming hao　　you ci shan yin　　jin fu yi nian
至心归依。以佛神力。众苦解脱
zhi xin gui yi　　yi fo shen li　　zhong ku jie tuo
。诸根聪利智慧多闻。恒求胜法
zhu gen cong li zhi hui duo wen　　heng qiu sheng fa
。常遇善友。永断魔羂。破无明
chang yu shan you　　yong duan mo juan　　po wu ming
殼。竭烦恼河。解脱一切生老病
que　　jie fan nao he　　jie tuo yi qie sheng lao bing
死。忧愁苦恼。
si　　you chou ku nao

复次。曼殊室利。若诸有情。好
fu ci　　man shu shi li　　ruo zhu you qing　　hao
喜乖离。更相斗讼。恼乱自他。
xi guai li　　geng xiang dou song　　nao luan zi ta

54

Jedoch, wenn sie im früheren Leben als Mensch den Namen Medizin Buddha schon mal gehört haben, und sich noch daran erinnern und diesen Glauben wieder annehmen, dann werden sie sich aus dieser erbärmlichen Notlage herauswinden können.

Ihre Sinnesorgane werden schärfer und sie werden aufgeweckter und weiser sein. Sie werden umso mehr nach der höchsten Wahrheit suchen wollen.

Sie werden gutherzige Freunde treffen, trennen sich von dämonischen Bindungen, brechen aus der Hülle von Unwissenheit aus und lassen die Flüsse von Sorgen austrocknen.

Schließlich erlösen sie sich von Kummer und Schmerzen, die von dem Geborenwerden, dem Altern, der Krankheit und dem Sterben verursacht werden.

Außerdem, Manjushri, gibt es Menschen, die wider-

以身语意。造作增长种种恶业。
展转常为不饶益事。互相谋害。
告召山林树冢等神。杀诸众生。
取其血肉。祭祀药叉罗叉婆等。
书怨人名。作其形像。以恶咒术
。而咒诅之。魇魅蛊道。咒起尸
鬼。令断彼命。及坏其身。是诸
有情。若得闻此药师琉璃光如来
名号。彼诸恶事。悉不能害。一
切展转皆起慈心。利益安乐。无

56

wärtig sind und gerne andere in Rechtsstreitigkeiten verwickeln. Sie verursachen für sich selbst und für die anderen durch Benehmen, Sprache und Gedanken schlechtes Karma.

Sie rächen sich gnadenlos aneinander, indem sie Berg-, Wald-, Baum-, und Grabgeister anbeten. Sie töten andere Lebewesen, benutzen das Fleisch und Blut als Opfergabe und beten zu den Yaksa- und Raksasa-Dämonen.

Sie fertigen Figuren an, schreiben die Namen von denen auf, gegen die sie Groll oder Hass hegen und verfluchen diese so mit schwarzer Magie, oder vergiften diese mit tödlichen Insekten.

Oder sie wecken mit schwarzen Zauberformeln die Toten auf, um der verhassten Person Schaden zuzufügen, oder sie sogar zu ermorden.

Jedoch, wenn es dem Opfer gelingt, den Namen Medizin

损恼意。及嫌恨心。各各欢悦。于自所受。生于喜足。不相侵凌。互为饶益。

复次。曼殊室利。若有四众苾刍。苾刍尼。邬波索迦。邬波斯迦。及余净信善男子。善女人等。有能受持八分斋戒。或经一年。或复三月。受持学处。以此善根。愿生西方极乐世界无量寿佛所

Buddha zu hören, wird er verschont von all diesen erwähnten bösen Sachen.

Sie werden Erbarmen miteinander empfinden, sich für einander Glück und Frieden wünschen, und keinen Groll und Hass mehr haben. Sie werden glücklich und zufrieden sein mit allem, was sie besitzen und aufhören, sich gegenseitig anzugreifen, und können sogar voneinander profitieren."

„Außerdem, Manjushri, wenn die Schüler der vier Klassen: Bhiksus, Bhiksunis, Upasakas, und Upasikas, sowie die anderen frommen gläubigen Männer und Frauen, die Acht Disziplinen für ein ganzes Jahr lang oder nur für drei Monate einhalten können, können sie diese gute Wurzel des Glaubens als Beitrag dem Westlichen Reinen Land von Amitabha, dem Buddha mit Unbegrenzter Langlebigkeit, widmen, damit sie auch in diesem Land wiedergeboren werden können.

。听闻正法。而未定者。若闻世
尊药师琉璃光如来名号。临命终
时。有八大菩萨。其名曰。

文殊师利菩萨

观世音菩萨

得大势菩萨

无尽意菩萨

宝檀华菩萨

药王菩萨

药上菩萨

弥勒菩萨

是八大菩萨。乘空而来。示其道

Obwohl sie im Westlichen Reinen Land weiterhin das wahre Dharma erlernen können, können sie sich manchmal noch nicht dafür entscheiden, nach diesem irdischen Leben dorthin zu gehen.

Jedoch, wenn sie kurz vor dem Sterben Medizin Buddhas Namen hören, werden ihnen acht Bodhisattvas erscheinen. Diese sind:

Bodhisattva Manjushri
Bodhisattva Avalokiteshvara
Bodhisattva Mahasthamaprapta
Bodhisattva Aksayamati
Bodhisattva Ratnacandan
Bodhisattva Bhaishajya-Raja
Bodhisattva Bhaishajya-Samudgat
Bodhisattva Maitreya

Die acht Bodhisattvas kommen vom Himmel nieder und zeigen den Sterbenden den Weg, welchen sie gehen wollen.

路。即于彼界。种种杂色众宝华
中。自然化生。或有因此生于天
上。虽生天上。而本善根。亦未
穷尽。不复更生诸余恶趣。天上
寿尽。还生人间。或为轮王统摄
四洲。威德自在。安立无量百千
有情。于十善道。

或生刹帝利。婆罗门。居士大家
。多饶财宝。仓库盈溢。形相端

Dann werden sie in jenem Land, in der Mitte von verschiedenen kostbaren Blumen, natürlich wiedergeboren.

Oder, sie werden dann im Himmel wiedergeboren. Obwohl sie im Himmel leben, verbrauchen sie aber nicht ihr ganzes Glück. Weil sie ihr Glück nicht erschöpft haben, werden sie nicht mehr in die drei niedrigen Ebenen fallen. Wenn sie ihr Leben im Himmel beendet haben, werden sie auf der Erde als Mensch wiedergeboren.

Sie werden als Raddrehende Könige des Dharmas oder als Oberhaupt auf den vier Kontinenten wiedergeboren. Mit ihrer selbstbewussten, würdevollen Erscheinung und ihrer Macht, werden sie unzählige Lebewesen auf die zehn guten Wege leiten.

Oder sie werden in Ksatriyas-, Brahmins- und buddhistischen Laienfamilien mit reichlichen Schätzen und großem Vermögen wiedergeboren. Sie haben ein edles

正。眷属具足。聪明智慧。勇健
zheng juan shu ju zu cong ming zhi hui yong jian

威猛。如大力士。若是女人。得
wei meng ru da li shi ruo shi nu ren de

闻世尊药师琉璃光如来名号。至
wen shi zun yao shi liu li guang ru lai ming hao zhi

心受持。于后不复更受女身。
xin shou chi yu hou bu fu geng shou nu shen

复次。曼殊室利。彼药师琉璃光
fu ci man shu shi li bi yao shi liu li guang

如来。得菩提时。由本愿力。观
ru lai de pu ti shi you ben yuan li guan

诸有情。遇众病苦。瘦挛干消。
zhu you qing yu zhong bing ku shou luan gan xiao

黄热等病。或被魇魅蛊毒所中。
huang re deng bing huo bei yan mei gu du suo zhong

或复短命。或时横死。欲令是等
huo fu duan ming huo shi heng si yu ling shi deng

Aussehen und viele Familienmitglieder. Sie sind klug und weise, gesund und mutig, würdevoll und kräftig wie Helden."

„Frauen, die Medizin Buddhas Namen hören und mit Vertrauen rezitieren, werden nicht mehr als schwache Frauen wieder geboren.

Außerdem, Manjushri, als Medizin Buddha die vollkommene Erleuchtung auf Grund seiner Gelübde erlangt hatte, beobachtete er mitfühlend alle Lebewesen, die unter Krankheiten litten, dürr und verformt waren, mit Gelbfieber geplagt waren, die Opfer von dämonischen Fluchen, schwarzer Magie oder unheilsamen Giftinsekten geworden waren, ein kurzes Leben hatten, oder an irgendwelchen Unfällen starben.

Um all diese Leiden und Krankheiten zu beenden und den Lebewesen all ihre Wünschen zu erfüllen, trat er

病苦消除。所求愿满。时彼世尊
bing ku xiao chu suo qiu yuan man shi bi shi zun

入三摩地。名曰。除灭一切众生
ru san mo di ming yue chu mie yi qie zhong sheng

苦恼。既入定已。于肉髻中。出
ku nao ji ru ding yi yu rou ji zhong chu

大光明。光中演说大陀罗尼曰。
da guang ming guang zhong yan shou da tuo luo ni yue

南谟薄伽伐帝。鞞杀社。窭噜薜
nan mo bo qie fa di pi sha she ju lu bi

琉璃。钵喇婆。喝啰阇也。怛他
liu li bo la po he la she ye da tuo

揭多耶。阿啰喝帝。三藐三勃陀
jie duo ye a la he di san miao san bo tuo

耶。怛侄他。唵。鞞杀逝。鞞杀
ye da zhi tuo an pi sha shi pi sha

逝。鞞杀社。三没揭帝。娑诃。
shi pi sha she san mo jie di suo he

66

dann in das SAMADHI, welches „Erlöschen aller Sorgen und Kummer aller Lebewesen" heißt, ein.

In diesem SAMADHI erstrahlte ein prächtig helles Licht aus dem Usnisa Medizin Buddha und er trug ein mächtig kraftvolles Dharani vor –

Namo Bhagavate

Bhaishajyaguru Vaidurya

Prabha Rajaya

Tathagataya

Arthate

Samyak Sambuddhaya

Tadyatha

OM BHAISHAJYA BHAISHAJYA

BHAISHAJYA

SAMUDGATE SVAHA

尔时光中说此咒已。大地震动。
er shi guang zhong shuo ci zhou yi da di zhen dong

放大光明。一切众生。病苦皆除
fang da guang ming yi qie zhong sheng bing ku jie chu

。受安稳乐。
shou an wen le

曼殊室利。若见男子女人。有病
man shu shi li ruo jian nan zi nu ren you bing

苦者。应当一心为彼病人。常清
ku zhe ying dang yi xin wei bi bing ren chang qing

净澡漱。或食或药。或无虫水。
jing zao shu huo shi huo yao huo wu chong shui

咒一百八遍。与彼服食。所有病
zhou yi bai ba bian yu bi fu shi suo you bing

苦。悉皆消灭。若有所求。至心
ku xi jie xiao mie ruo you suo qiu zhi xin

念诵。皆得如是。无病延年。命
nian song jie de ru shi wu bing yan nian ming

Als Medizin Buddha dieses Dharani vorgetragen hatte, bebte das ganze Universum. Ein prachtvolles Licht strahlte überallhin, sodass alle Lebewesen von ihren Krankheiten und ihren Leiden erlöst waren, und Frieden und Glück genießen konnten."

„Manjushri, wenn Du einem Kranken begegnest, ob Mann oder Frau, sollst Du ihn gut pflegen und seinen Körper und seinen Mund sauber machen.

Daraufhin sollst Du an seiner Stelle dieses Dharani einhundertacht Male über sein Essen, seine Getränke, Medikamente und keimfreies Trinkwasser rezitieren. Dann gibst Du ihm diese zu essen und zu trinken. Und seine Krankheiten und Leiden werden verschwinden.

Auch wenn ein Patient besondere Wünsche hat, kann er konzentriert dieses Dharani rezitieren. Dann werden seine Wünsche erfüllt. Er wird nicht nur frei von allen Krankheiten, sondern auch noch ein langes Leben

终之后。生彼世界。得不退转。
zhong zhi hou   sheng bi shi jie   de bu tui zhuan

乃至菩提。
nai zhi pu ti

是故曼殊室利。若有男子女人。
shi gu man shu shi li   ruo you nan zi nu ren

于彼药师琉璃光如来。至心殷重
yu bi yao shi liu li guang ru lai   zhi xin yin zhong

。恭敬供养者。常持此咒。勿令
gong jing gong yang zhe   chang chi ci zhou   wu ling

废忘。
fei wang

复次。曼殊室利。若有净信男子
fu ci   man shu shi li   ruo you jing xin nan zi

女人。得闻药师琉璃光如来。应
nu ren   de wen yao shi liu li guang ru lai   ying

genießen können. Nach dem Sterben wird er in die Welt Medizin Buddhas wiedergeboren. Er wird nicht mehr zurückfallen bis er die höchste Erleuchtung erlangt hat.

Deshalb, Manjushri, wenn alle Männer und Frauen respektvoll Opfergaben Medizin Buddha entgegenbringen wollen, sollen sie aufmerksam und ernsthaft dieses Dharani rezitieren, und dieses auf keinen Fall wieder vergessen oder wieder aufgeben."

„Außerdem, Manjushri, wenn die Männer und Frauen, die einen festen Glauben haben, Buddhas Namen mit allen Titeln, Medizin Buddha, Tathagata des Lichts Lapislazuli, und Höchster Erleuchteter, zu hören bekommen, sollen sie diesen ständig rezitieren.

Morgens, nachdem sie sich sauber gewaschen und Zähne geputzt haben, können sie Blumen,

正等觉。所有名号。闻已诵持。
晨嚼齿木。澡漱清净。以诸香花
。烧香涂香。作众伎乐。供养形
像。于此经典。若自书。若教人
书。一心受持。听闻其义。于彼
法师。应修供养。一切所有资身
之具。悉皆施与。勿令乏少。

如是便蒙诸佛护念。所求愿满。
乃至菩提。

Räucherstäbchen, Duftcreme als Opfergabe vor die Buddhastatue legen, und verschiedene Musik als Beitrag spielen. Sie sollen dieses Sutra schreiben und auch anderen beibringen, es zu schreiben. Sie sollen es beherzigen und dessen Bedeutung lernen.

Sie sollen den Dharma-Meister, der dieses Sutra lehrt, unterstützen, ihm alles, was er zum Leben braucht, anbieten und es ihm an nichts fehlen lassen.

In diesem Fall stehen diese Gläubigen unter dem Schutz aller Buddhas. Was sie sich wünschen wird erfüllt. Schließlich begreifen sie gar die höchste Erleuchtung."

尔时曼殊室利童子白佛言。世尊。我当誓于像法转时。以种种方便。令诸净信善男子。善女人等。得闻世尊药师琉璃光如来名号。乃至睡中。亦以佛名觉悟其耳。

世尊。若于此经受持读诵。或复为他演说开示。若自书。若教人书。恭敬尊重。以种种华香。涂香。秫香。烧香。花鬘。璎珞。

In diesem Moment sagte der junge Bodhisattva Manjushri zu Buddha:

„Oh, Hochverehrter Lehrer, ich schwöre, dass ich in der späteren Dharma-Simili-Epoche verschiedene, geeignete Methoden anwenden werde, sodass die gläubigen Männer und Frauen den Namen Medizin Buddha, Tathagata des Lichts Lapislazuli zu hören bekommen. Ich helfe ihnen sogar, dass ihr wahres Bewusstsein im Schlaf mit Buddhas Namen aufgeweckt wird.

Hochverehrter Lehrer, wenn diejenigen mit großem Respekt dieses Sutra lesen, es auswendig lernen, es anderen erklären, es selbst schreiben, anderen beibringen es zu schreiben, und mit verschiedenen Düften z.B. Parfüm, Duftpulver, Räucherstäbchen, Blumengirlanden, Edelsteinhalsketten, bunten Bannern, Tanz und Musik Medizin Buddha als Opfergabe darbringen, und

幡盖。伎乐。而为供养。以五色
綵。作囊盛之。扫洒净处。敷设
高座。而用安处。尔时四大天王
。与其眷属。及余无量百千天众
。皆诣其所。供养守护。

世尊。若此经宝流行之处。有能
受持。以彼世尊药师琉璃光如来
本愿功德。及闻名号。当知是处
。无复横死。亦复不为诸恶鬼神

dieses Sutra in eine fünffarbige Seidentasche tun, einen sauberen höheren Platz als Altar wählen, und dieses Sutra dort platzieren, dann werden die vier Himmelskönige mit den Engeln und unzähligen Himmelswesen zu diesem Ort kommen, um zu beten, Opfergaben zu bringen und um dieses Sutra zu beschützen.

Hochverehrter Lehrer, wo sich dieses kostbare Sutra verbreitet, und die Menschen daran glauben und es befolgen, wird es dank Medizin Buddhas vergangenen Gelübden, seinen tugendhaften Verdiensten und der Macht seines Namens, in diesem Ort keine gewaltsamen Unfalltode geben.

Der Geist und die Energie der Menschen werden nicht von bösen Monstern und Dämonen geraubt. Falls die Energie und der Geist schon einmal geraubt wurden, müssen diese zurückgegeben werden. Diese Menschen

夺其精气。设已夺者。还得如故
。身心安乐。

佛告曼殊室利。如是如是。如汝
所说。曼殊室利。若有净信善男
子。善女人等。欲供养彼世尊药
师琉璃光如来者。应先造立彼佛
形像。敷清净座而安处之。散种
种花。烧种种香。以种种幢幡。
庄严其处。

werden sich dann erholen, und ihr Körper und ihre Seele bleiben gesund und glücklich."

Buddha sagte dann zu Manjushri:

„So ist es, so ist es, Manjushri, es ist genau wie Du gesagt hast.

Manjushri, wenn die Männer und Frauen einen festen Glauben haben, und Medizin Buddha große Ehrerbietung entgegenbringen wollen, sollten sie dann zuerst eine Statue Medizin Buddhas anfertigen lassen, diese dann an einem sauberen Altar platzieren, verschiedene Blumen verteilen, verschiedene Düfte anzünden und mit verschiedenen farbigen Bannern den Platz dekorieren.

七日七夜。受八分斋戒。食清净食。澡浴香洁。着清净衣。应生无垢浊心。无怒害心。于一切有情。起利益安乐。慈悲喜舍平等之心。鼓乐歌赞。右绕佛像。

复应念彼如来本愿功德。读诵此经。思惟其义。演说开示。随所乐求。一切皆遂。求长寿得长寿。求富饶得富饶。求官位得官位

Sie sollten sieben Tage und sieben Nächte die Acht Disziplinen praktizieren und einhalten, sauberes Essen zu sich nehmen, sich waschen, parfümieren und sich saubere Kleidung anziehen.

Sie sollten keine bösen Gedanken haben, keinen Zorn und keine Bosheit im Herzen tragen. Sie sollten mit Freude gegenüber allen Lebewesen in ihrem Interesse Barmherzigkeit, Mitgefühl, Mitfreude und Großzügigkeit aufweisen, und alle gleichberechtigt behandeln.

Sie sollten mit Musik und Gesang Medizin Buddha loben und die Statue Medizin Buddhas im Uhrzeigersinn um-kreisen.

Außerdem sollten sie Medizin Buddhas Gelübde und Verdienste im Herzen tragen, während sie dieses Sutra vorlesen, über seine Bedeutung nachdenken, und den

。求男女得男女。

若复有人。忽得恶梦。见诸恶相。或怪鸟来集。或于住处百怪出现。此人若以众妙资具。恭敬供养彼世尊药师琉璃光如来者。恶梦恶相。诸不吉祥。皆悉隐没。不能为患。

或有水火。刀毒悬险。恶象狮子

anderen erklären oder vorleben.

Dann wird alles, was sie sich auch wünschen, z. B. ein langes Leben, viel Vermögen, einen amtlichen Posten und Kinder zu bekommen, Sohn oder Tochter, erfüllt.

Darüber hinaus, wenn jemand plötzlich unter Albträumen leidet, böse Omen sieht, wie z.B. einen Schwarm merkwürdiger Vögel, oder wenn Hunderte von merkwürdigen Dingen in der Wohnung passieren, kann er mit vollem Respekt Medizin Buddha die feinste Opfergabe darbringen und beten. Die Albträume und die bösen Omen verschwinden sofort und ihnen kann kein Schaden mehr zugefügt werden.

Auch wenn die Lebewesen Angst vor Wasser-, Feuer-, Messer-, und Giftgefahr haben oder sich von wilden Tieren wie Elefanten, Löwen, Tigern, Wölfen, Bären, giftigen Schlangen, Skorpionen, Tausendfüßlern,

。虎狼熊罴。毒蛇。恶蝎。蜈蚣

。蚰蜒。蚊虻等怖。若能至心忆念彼佛。恭敬供养。一切怖畏皆得解脱。若他国侵扰。盗贼反乱。忆念恭敬彼如来者。亦皆解脱。

复次。曼殊室利。若有净信善男子。善女人等。乃至尽形不事余天。唯当一心归佛法僧。受持禁戒。若五戒。十戒。菩萨四百戒

Spinnenläufern, Mücken und Bremsen bedroht fühlen, können sie konzentriert Medizin Buddhas Namen rezitieren, mit Hochachtung Buddha die feinste Opfergabe darbringen und werden so befreit von all jenem Unheil.

Wenn ein Land von Invasion, Banditen und Rebellen bedroht ist, kann die Bevölkerung gemeinsam Medizin Buddhas Namen rezitieren während sie Buddha Opfergabe darbringen, und so wird das Land auch von Kriegskatastrophen befreit.

Außerdem, Manjushri, die gläubigen Männer und Frauen mit reinem Herzen sollten in ihrem ganzen Dasein kein noch nicht erleuchtetes Himmelswesen anbeten. Sie sollten nur an die Buddhas, das Dharma und die Sangha glauben.

Sie sollten die fünf bzw. zehn Laien-Regeln oder die

。苾蒭二百五十戒。苾蒭尼五百
戒。于所受中。或有毁犯。怖堕
恶趣。若能专念彼佛名号。恭敬
供养者。必定不受三恶趣生。

或有女人。临当产时。受于极苦
。若能至心称名礼赞。恭敬供养
彼如来者。众苦皆除。所生之子
。身分具足。形色端正。见者欢
喜。利根聪明。安稳少病。无有

vierhundert Bodhisattva-Regeln einhalten, oder die zwei-hundertfünfzig Bhiksus-Ordensregeln bzw. die fünfhundert Bhiksuni-Ordensregeln befolgen.

Falls die Gläubigen beim Ausüben der Disziplinen die Regeln brechen und dadurch Angst bekommen in die niedrigen Ebenen fallen zu müssen, sollen sie konzentriert Medizin Buddhas Namen rezitieren und respektvoll Buddha Opfergaben darbringen. Dann werden sie die Wiedergeburt in die Drei Üblen Ebenen vermeiden.

Und die Frauen, die bei der Entbindung unter großen Schmerzen leiden, können von ganzem Herzen Medizin Buddha preisen und seinen Namen mit Respekt rezitieren, dann wird das Leiden verschwinden. Die Kinder, die sie gebären, werden gesund und schön sein, sodass die anderen Leute sie mit Freude ansehen. Diese Kinder werden aufgeweckt, scharfsinnig und ruhig sein.

非 人 夺 其 精 气 。
fei ren duo qi jing qi

尔 时 世 尊 告 阿 难 言 。 如 我 称 扬 彼
er shi shi zun gao a nan yan ru wo cheng yang bi

世 尊 药 师 琉 璃 光 如 来 所 有 功 德 。
shi zun yao shi liu li guang ru lai suo you gong de

此 是 诸 佛 甚 深 行 处 。 难 可 解 了 。
ci shi zhu fo shen shen xing chu nan ke jie liao

汝 为 信 不 。 阿 难 白 言 。 大 德 世 尊
ru wei xin fo a nan bai yan da de shi zun

。 我 于 如 来 所 说 契 经 。 不 生 疑 惑
wo yu ru lai suo shuo qi jing bu sheng yi huo

。 所 以 者 何 。 一 切 如 来 身 语 意 业
suo yi zhe he yi qie ru lai shen yu yi ye

。 无 不 清 净 。 世 尊 。 此 日 月 轮 。
wu bu qing jing shi zun ci ri yue lun

可 令 堕 落 。 妙 高 山 王 。 可 使 倾 动
ke ling duo luo miao gao shan wang ke shi qing dong

Sie werden selten krank und werden nicht ihrer Energie durch unmenschliche Lebewesen beraubt."

Shakyamuni Buddha fragte dann Ananda:

„Nun habe ich von Medizin Buddhas Tugenden und Verdiensten erzählt. Dies sind die grundlegenden Prinzipien aller Buddhas und sind für die normalen Lebewesen sehr schwierig zu begreifen. Kannst Du daran glauben?"

Ananda antwortete daraufhin:

。诸佛所言。无有异也。

世尊。有诸众生。信根不具。闻说诸佛甚深行处。作是思惟。云何但念药师琉璃光如来一佛名号。便获尔所功德胜利。由此不信。返生诽谤。彼于长夜。失大利乐。堕诸恶趣。流转无穷。

佛告阿难。是诸有情。若闻世尊

„Oh, Hochverehrter Lehrer, ich zweifele nicht an den Sutras, die alle Tathagatas uns erzählen. Warum nicht? Denn das Karma des Benehmens, Sprechens, und Denkens von Tathagatas ist immer rein. Hochverehrter Lehrer, die Sonne und der Mond mögen fallen, der Sumeru Berg, der König aller Berge, könnte erschüttern, aber was Buddhas sagen, wird sich nie ändern.

Hochverehrter Lehrer, es gibt Lebewesen, die die Wurzel des Glaubens nicht besitzen. Sie hören diese grundlegenden Prinzipien aller Buddhas und machen sich Gedanken – wie kann man denn all solche Verdienste gewinnen, indem man nur Medizin Buddhas Namen rezitiert?

Weil ihnen dieser Glaube fehlt, fangen sie sogar an ihn zu verleumden. Sie sind wie gefangen in der langen dunklen Nacht, haben keinerlei Glück und Freude, und fallen und wandern unendlich in den üblen Ebenen herum."

药师琉璃光如来名号。至心受持
yao shi liu li guang ru lai ming hao zhi xin shou chi

。不生疑惑。堕恶趣者。无有是
bu sheng yi huo duo e qu zhe wu you shi

处。阿难。此是诸佛甚深所行。
chu a nan ci shi zhu fo shen shen suo xing

难可信解。汝今能受。当知皆是
nan ke xin jie ru jin neng shou dang zhi jie shi

如来威力。
ru lai wei li

阿难。一切声闻独觉。及未登地
a nan yi qie sheng wen du jue ji wei deng di

诸菩萨等。皆悉不能如实信解。
zhu pu sa deng jie xi bu neng ru shi xin jie

唯除一生所系菩萨。阿难。人身
wei chu yi sheng suo xi pu sa a nan ren shen

难得。于三宝中信敬尊重。亦难
nan de yu san bao zhong xin jing zun zhong yi nan

Buddha sagte dann zu Ananda :

„Wenn die Lebewesen Medizin Buddhas Namen hören und ihn ohne jeglichen Zweifel konzentriert rezitieren, wird es unmöglich, dass sie in die üblen Ebenen fallen.

Ananda, diese äußerst grundlegenden Prinzipien aller Buddhas sind schwierig zu glauben und zu verstehen. Doch Du bist bereit sie zu akzeptieren. Du musst wissen, das ist die Macht der Tathagatas.

Ananda, selbst die Sravakas, Pratyekas und Bodhisattvas, die noch nicht die Achte Grundstufe von Buddhas Lehre erreicht haben, können dies nicht wirklich glauben. Nur die Bodhisattvas, die noch eine Lebensspanne von der Buddhaschaft entfernt sind, können dies erst vollständig begreifen.

可得。闻世尊药师琉璃光如来名
ke de wen shi zun yao shi liu li guang ru lai ming

号。复难于是。
hao fu nan yu shi

阿难。彼药师琉璃光如来。无量
a nan bi yao shi liu li guang ru lai wu liang

菩萨行。无量善巧方便。无量广
pu sa xing wu liang shan qiao fang bian wu liang guang

大愿。我若一劫。若一劫余。而
da yuan wo ruo yi jie ruo yi jie yu er

广说者。劫可速尽。彼佛行愿。
guang shuo zhe jie ke su jin bi fo xing yuan

善巧方便。无有尽也。
shan qiao fang bian wu you jin ye

尔时众中。有一菩萨摩诃萨。名
er shi zhong zhong you yi pu sa mo he sa ming

Ananda, als Mensch wiedergeboren zu werden ist schon sehr schwierig, an die Drei Buddhistischen Juwelen zu glauben ist auch sehr schwierig, und den Namen von Medizin Buddha zu hören bekommen ist noch viel schwieriger.

Ananda, Medizin Buddha hat unzählige Bodhisattvas Disziplinen ausgeübt, hat unbegrenzte geschickte Lehrmethoden praktiziert und hat unermessliche Gelübde erfüllt. All das kann ich nicht mal in einer Kalpa oder einer längeren Zeit erzählen.

Denn eine Kalpa geht eher vorüber, als dass ich über Medizin Buddhas gesamte Weisheit und Gewandtheit erzählen könnte."

曰救脱。即从座起。偏袒右肩。
右膝着地。曲躬合掌而白佛言。
大德世尊。像法转时。有诸众生
。为种种患之所困厄。长病羸瘦
。不能饮食。喉唇干燥。见诸方
暗。死相现前。父母亲属。朋友
知识。啼泣围绕。

然彼自身。卧在本处。见琰魔使
。引其神识。至于琰魔法王之前

Bei der Versammlung war ein großer Bodhisattva namens Erlöser. Er stand in jenem Moment auf, entblößte seine rechte Schulter, kniete sich auf sein rechtes Bein, verbeugte sich mit gefalteten Händen und sprach respektvoll Buddha an:

„Oh, Hochverehrter Lehrer, in der späteren Dharma-Simili-Epoche gibt es Lebewesen, die unter verschiedenem Unheil leiden – sie werden immer wieder krank, schwach und dürr, können nicht normal essen und trinken, haben einen heißen Hals und einen trockenen Mund und sehen überall dunkel.

Sie sind beim Sterben von weinenden Eltern, Verwandten, Freunden und Bekannten umgeben. Während sie selbst im Bett liegen, sehen sie die Boten von Yama, die ihre Seelen zu dem König der Richter der Unterwelt führen.

。然诸有情。有俱生神。随其所作。若罪若福。皆具书之。尽持授与琰魔法王。尔时彼王。推问其人。计算所作。随其罪福而处断之。

时彼病人。亲属知识。若能为彼归依世尊药师琉璃光如来。请诸众僧。转读此经。然七层之灯。悬五色续命神幡。或有是处。彼

Denn alle Lebewesen sind mit einem Begleitengel geboren, der jede Tat, ob gut oder schlecht, notiert und dann nach dem Sterben, dem König Yama die gesamte Aufzeichnung präsentiert.

Dann fragt der König Yama den Verstorbenen nach der Richtigkeit und rechnet sein gutes und schlechtes Karma aus, bevor der König die Entscheidung über das Schicksal seines weiteren Lebens trifft.

Wenn in jenem kritischen Moment die Verwandten und Freunde des Verstorbenen in seinem Namen den Schutz bei Medizin Buddha suchen, die Mönche einladen, dieses Sutra vorzulesen, siebenstufige Lampen anzuzünden, fünffarbige Banner des langen Lebens aufzuhängen, dann wird die Seele des Verstorbenen

识得还。如在梦中。明了自见。

或经七日。或二十一日。或三十

五日。或四十九日。彼识还时。

如从梦觉。皆自忆知善不善业。

所得果报。由自证见业果报故。

乃至命难。亦不造作诸恶之业。

是故净信善男子。善女人等。皆

应受持药师琉璃光如来名号。随

力所能。恭敬供养。

entweder nach sieben, einundzwanzig, fünfunddreißig oder neunundvierzig Tagen wieder zum Wachbewusstsein zurückkehren, als ob er plötzlich von einem Traum erwachte.

Der Verstorbene erinnert sich an alles, was er im Leben getan hat, ob gut oder schlecht. Denn er ist sein eigner Zeuge der Konsequenz des Karmas und wagt daher nicht mehr schlechtes Karma zu verursachen, auch wenn er sich in einer Notlage befindet.

Deshalb sollten alle gläubigen Männer und Frauen Medizin Buddhas Namen stets im Herzen tragen und nach ihren materiellen Möglichkeiten respektvoll Buddha Opfergaben entgegenbringen."

尔时阿难问救脱菩萨曰。善男子。应云何恭敬供养彼世尊药师琉璃光如来。续命幡灯。复云何造。

救脱菩萨言。大德。若有病人。欲脱病苦。当为其人。七日七夜。受持八分斋戒。应以饮食。及余资具。随力所办。供养苾刍僧。昼夜六时。礼拜行道。供养彼世尊药师琉璃光如来。读诵此经

Ananda fragte dann Bodhisattva Erlöser:

„Geehrter Herr, wie bringen wir respektvoll Medizin Buddha die Opfergaben entgegen? Und wie stellen wir die Banner und Lampen des langen Lebens auf?"

Bodhisattva Erlöser antwortete darauf:

„Hochangesehener Herr, um den Patienten von seinen Krankheiten und Leiden zu befreien, könnt Ihr für ihn sieben Tage und Nächte die Acht Disziplinen ausüben.

Ihr könnt Essen, Getränke und täglich gebrauchte Sachen für eine Gruppe Mönche vorbereiten und sie bitten, für neunundvierzig Tage jeden Tag sechs Male respektvoll zu Medizin Buddha zu beten und dieses Sutra vorzulesen.

四十九遍。然四十九灯。造彼如来形像七躯。一一像前。各置七灯。一一灯量。大如车轮。乃至四十九日。光明不绝。造五色彩幡。长四十九搩手。应放杂类众生。至四十九。可得过度危厄之难。不为诸横恶鬼所持。

复次。阿难。若刹帝利。灌顶王等。灾难起时。所谓人众疾疫难

Ihr zündet neunundvierzig Lampen an, platziert sieben Buddha-Statuen auf den Altar und stellt dann jeweils sieben Lampen vor eine Statue. Jede Lampe leuchtet so groß wie ein Wagenrad. Und Ihr lasst die Lampen neunundvierzig Tage lang ununterbrochen brennen.

Ihr hängt auch die fünffarbigen neunundvierzig-Handlänge lange Banner auf. Außerdem sollt Ihr neunundvierzig verschiedene Lebewesen freilassen.

So kann der Patient durch die gefährliche Situation kommen. Er wird dann nicht von bösen Dämonen gefangen gehalten.

Außerdem, Ananda, wenn ein Land sich in einer Katastrophenlage befindet, wie z.B. in einer Epidemie,

。他国侵逼难。自界叛逆难。星宿变怪难。日月薄蚀难。非时风雨难。过时不雨难。彼刹帝利灌顶王等。尔时应于一切有情。起慈悲心。赦诸系闭。依前所说供养之法。供养彼世尊药师琉璃光如来。由此善根。及彼如来本愿力故。令其国界。即得安稳。风雨顺时。穀稼成熟。一切有情。无病欢乐。于其国中。无有暴

ausländischen Invasion, Rebellion, ungewöhnlicher Stern-konstellation, Sonnen- oder Mondfinsternis, Unwetter oder langzeitiger Dürre, sollten die Ksatriya, die Könige und die Aristokraten, gegenüber allen Lebewesen Erbarmen zeigen und die Gefangenen begnadigen.

Und sie sollten beten und Medizin Buddha respektvoll, wie in oben erwähnter Weise, Opfergaben entgegenbringen.

Dank dieser guten Wurzel des Glaubens und den Gelübden Medizin Buddhas wird das Land wieder Frieden und Sicherheit finden. Winde wehen und Regen fällt zur rechten Zeit, sodass das Getreide dementspre-chend wächst und reift.

Alle Lebewesen sind gesund und glücklich und im Lande gibt es keine bösartigen Yaksas, die die

恶药叉等神。恼有情者。一切恶
相。皆即隐没。而刹帝利。灌顶
王等。寿命色力。无病自在。皆
得增益。

阿难。若帝后妃主。储君王子。
大臣辅相。中宫綵女。百官黎庶
。为病所苦。及余厄难。亦应造
立五色神幡。然灯续明。放诸生
命。散杂色花。烧众名香。病得

Lebewesen terrorisieren.

Alle bösen Omen verschwinden sofort. Die Ksatriya Aristokraten und die Könige genießen ein langes Leben, haben ein schönes Aussehen, bleiben gesund und sind zufriedener als je zuvor.

Oh, Ananda, auch wenn die Könige, Grafen, Kronprinzen, Minister, Hofdamen, Offiziere, Beamten, und Arbeiter der Bevölkerung unter Krankheiten und anderen Katastrophen leiden, sollten sie die fünffarbigen Banner anfertigen und aufhängen, Lampen des langen Lebens ununterbrochen brennen lassen, die Tiere freilassen, verschiedene Blumen verteilen und verschiedene edle Düfte zum räuchern anzünden. So werden sie sich von den Krankheiten erholen und aus der Notlage befreien können.”

除愈。众难解脱。

尔时阿难问救脱菩萨言。善男子。云何已尽之命而可增益。救脱菩萨言。大德。汝岂不闻如来说有九横死耶。是故劝造续命幡灯。修诸福德。以修福故。尽其寿命。不经苦患。阿难问言。九横云何。

Dann fragte Ananda Bodhisattva Erlöser:

„Geehrter Herr, wie kann man das ausgelaufene Leben noch verlängern?"

Bodhisattva Erlöser antwortete :

„Hochangesehener Herr, habt Ihr noch nie den Tathagata erzählen hören, dass es neun Arten und Weisen des vorzeitigen Unfalltodes gibt? Daher rate ich allen Menschen die Banner und die Lampen des langen Lebens anzubringen, alle guten Sitten und Tugenden zu kultivieren, um das Glück im Leben zu pflegen. Dank solcher guten Taten, wird man bis ans Lebensende nicht unter Unheil leiden."

Ananda fragte dann:

„Was sind die neun Arten und Weisen eines vorzeitigen Unfalltodes?"

救脱菩萨言。若诸有情。得病虽轻。然无医药。及看病者。设复遇医。授以非药。实不应死。而便横死。又信世间邪魔。外道。妖孽之师。妄说祸福。便生恐动。心不自正。卜问觅祸。杀种种众生。解奏神明。呼诸魍魉。请乞福佑。欲冀延年。终不能得。愚痴迷惑。信邪倒见。遂令横死。入于地狱。无有出期。是名初

Bodhisattva Erlöser erklärte darauf:

„Z.B. sind manche Menschen eigentlich an etwas leichtem erkrankt, es fehlt ihnen aber der Arzt und die Medikamente, oder sie begegnen einem Arzt, der ihnen falsche Medikamente verschreibt. Obwohl ihr natürliches Leben noch nicht zu Ende ist, sterben sie trotzdem dadurch.

Und sie glauben an das was die Dämonen-, Heiden- und Monsteranhänger über Glück und Unheil sagen. Sie bekommen Angst und ihre Gedanken sind nicht aufrichtig. Sie fangen an überall Hexen und Wahrsager aufzusuchen. Manche töten die Tiere als Opfergabe um Geister und Gespenster anzubeten, bitten um Glück und Schutz und erhoffen sich ein verlängertes Leben. Das ist alles umsonst. Sie bleiben ignorant und verwirrt und haben falsche Einsichten und den falschen Glauben. Sie sterben doch vorzeitig und fallen in die Hölle, ohne Hoffnung wieder heraus zu kommen. Das ist die erste Weise des vorzeitigen Unfalltodes.

横。
heng

二者。横被王法之所诛戮。三者
er zhe　heng bei wang fa zhi suo zhu lu　san zhe
。畋猎嬉戏。耽婬嗜酒。放逸无
　tian lie xi xi　dan yin shi jiu　fang yi wu
度。横为非人夺其精气。四者。
du　heng wei fei ren duo qi jing qi　si zhe
横为火焚。五者。横为水溺。六
heng wei huo fen　wu zhe　heng wei shui ni　liu
者。横为种种恶兽所啖。七者。
zhe　heng wei zhong zhong e shou suo dan　qi zhe
横堕山崖。八者。横为毒药。魇
heng duo shan ya　ba zhe　heng wei du yao　yan
祷咒咀。起尸鬼等之所中害。九
dao zhou ju　qi shi gui deng zhi suo zhong hai　jiu
者。饥渴所困。不得饮食。而便
zhe　ji ke suo kun　bu de yin shi　er bian

Die zweite Weise ist: Tod durch die gesetzliche Hinrichtung.

Die dritte Weise ist: Tod durch zügellosen Lebensstil – Jagen, Spielen, übermäßiger und unmoralischer Sex, und Trunkenheit – und ihre Energie wird von nicht-menschlichen Lebewesen geraubt.

Die vierte Weise ist: Verbrennen im Feuer.

Die fünfte Weise ist: Ertrinken im Wasser.

Die sechste Weise ist: Getötet und verschlungen von wilden Tieren zu werden.

Die siebte Weise ist: Tod durch Herunterfallen von Bergen oder Klippen.

Die achte Weise ist: Tod durch Vergiftung, dämonischen Fluch oder aufgeweckte Tote.

横死。是为如来略说横死。有此
九种。其余复有无量诸横。难可
具说。

复次。阿难。彼琰魔王。主领世
间。名籍之记。若诸有情。不孝
五逆。破辱三宝。坏君臣法。毁
于性戒。琰魔法王。随罪轻重。
考而罚之。是故我今劝诸有情。
然灯造幡。放生修福。令度苦厄

Die neunte Weise ist: Tod durch Hunger und Durst.

Das sind die neun Arten und Weisen eines vorzeitigen Unfalltodes, die der Tathagata erwähnt hat. Es gibt noch andere unzählige Arten und Weisen eines vorzeitigen Unfalltodes, die man gar nicht alle aufzählen kann.

Außerdem, Ananda, der König Yama ist für die Aufbewahrung der Lebensaufzeichnungen aller Menschen zuständig.

Wenn einer sich seinen Eltern gegenüber lieblos verhalten hat, die fünf Kapitalverbrechen begangen hat, den Drei Buddhistischen Juwelen Schande zugefügt hat, gegen staatliche Gesetze verstoßen hat, oder gegen das Gewissen gehandelt hat, wird der König Yama das Urteil und die Strafe nach dem Grad des Vergehens verkünden.

。 不 遭 众 难 。
bu　zao zhong nan

尔 时 众 中 有 十 二 药 叉 大 将 。 俱 在
er　shi zhong zhong you　shi　er　yao cha　da　jiang　　ju　zai

会 坐 。 所 谓
hui　zuo　　suo wei

宫 毗 罗 大 将
gong　pi　luo　da jiang

迷 企 罗 大 将
mi　qi　luo　da jiang

頞 儞 罗 大 将
e　ni　luo　da jiang

因 达 罗 大 将
yin　da　luo　da jiang

摩 虎 罗 大 将
mo　hu　luo　da jiang

招 杜 罗 大 将
zhao du　luo　da jiang

伐 折 罗 大 将
fa　zhe　luo　da jiang

安 底 罗 大 将
an　di　luo　da jiang

珊 底 罗 大 将
shan di　luo　da jiang

波 夷 罗 大 将
po　yi　luo　da jiang

真 达 罗 大 将
zhen da　luo　da jiang

毗 羯 罗 大 将
pi　jie　luo　da jiang

Daher rate ich allen Menschen, die Lampen und die Banner des langen Lebens anzubringen, Tiere freizulassen, und einen glücklichen Lebensstil zu pflegen, um Leiden und Unheil zu vermeiden."

Bei dieser großen Versammlung waren zwölf Yaksa Generäle anwesend. Die waren:

General Kumbhira General Vajra
General Mihira General Andira
General Anila General Sandila
General Indra General Pajra
General Makura General Sindura
General Catura General Vikarala

此 十 二 药 叉 大 将 。 一 一 各 有 七 千
ci shi er yao cha da jiang　yi yi ge you qi qian

药 叉 以 为 眷 属 。 同 时 举 声 白 佛 言
yao cha yi wei juan shu　tong shi ju sheng bai fo yan

。 世 尊 。 我 等 今 者 。 蒙 佛 威 力 。
shi zun　wo deng jin zhe　meng fo wei li

得 闻 世 尊 药 师 琉 璃 光 如 来 名 号 。
de wen shi zun yao shi liu li guang ru lai ming hao

不 复 更 有 恶 趣 之 怖 。
bu fu geng you e qu zhi bu

我 等 相 率 。 皆 同 一 心 。 乃 至 尽 形
wo deng xiang shuai　jie tong yi xin　nai zhi jin xing

归 佛 法 僧 。 誓 当 荷 负 一 切 有 情 。
gui fo fa seng　shi dang he fu yi qie you qing

为 作 义 利 。 饶 益 安 乐 。 随 于 何 等
wei zuo yi li　rao yi an le　sui yu he deng

村 城 国 邑 。 空 闲 林 中 。 若 有 流 布
cun cheng guo yi　kong xian lin zhong　ruo you liu bu

Die zwölf Yaksa Generäle leiten jeweils ein Gefolge von siebentausend Yaksas. Sie sprachen einstimmig laut zu Buddha:

„Hochverehrter Lehrer, dank der mächtigen Kraft Buddhas haben wir Medizin Buddhas Namen zu hören bekommen. Wir haben nie mehr Angst in die üblen Ebenen fallen zu müssen.

Wir entscheiden uns gemeinsam bis ans Ende unseres Daseins den Buddhas, dem Dharma und der Sangha anzuschließen. Und wir schwören, dass wir allen Lebewesen helfen und für ihr Glück und ihren Frieden sorgen.

Wo dieses Sutra verbreitet ist, ob in einem Dorf, in einer kleinen Stadt, in einer Hauptstadt oder in einem Wald, diejenigen, die Medizin Buddhas Namen rezitieren und Buddha mit Respekt Opfergaben entgegenbringen, beschützen wir, samt unserem Gefolge, diesen Menschen.

此经。或复受持药师琉璃光如来
名号。恭敬供养者。我等眷属。
卫护是人。皆使解脱一切苦难。
诸有愿求。悉令满足。或有疾厄
。求度脱者。亦应读诵此经。以
五色缕。结我名字。得如愿已。
然后解结。

尔时世尊赞诸药叉大将言。善哉
善哉。大药叉将。汝等念报世尊

Wir werden ihnen helfen, aus Notlagen und Katastrophen heraus zu kommen, und erfüllen ihnen alles, was sie sich auch wünschen.

Auch Menschen, die hoffen von Krankheit und Leiden befreit zu werden, sollen dieses Sutra wiederholt vorlesen, und Knoten aus fünf farbigen Strähnen machen, während sie unseren Namen vorsagen. Erst wenn ihre Wünsche in Erfüllung gehen, dann machen sie die Knoten auf."

In diesem Moment lobte Shakyamuni Buddha die zwölf Yaksa Generäle:

„Sehr gut, sehr gut, Große Yaksa Generäle, wenn Ihr Medizin Buddha Eure Dankbarkeit für seine Wohltat und Güte zeigen möchtet, solltet Ihr dann genauso handeln und stets allen Lebewesen zum Glück und Frieden verhelfen."

药师琉璃光如来恩德者。常应如
yao shi liu li guang ru lai en de zhe　　chang ying ru
是利益安乐一切有情。
shi li yi an le yi qie you qing

尔时阿难白佛言。世尊。当何名
er shi a nan bai fo yan　　shi zun　　dang he ming
此法门。我等云何奉持。佛告阿
ci fa men　　wo deng yun he feng chi　　fo gao a
难。此法门名说药师琉璃光如来
nan　　ci fa men ming shuo yao shi liu li guang ru lai
本愿功德。亦名说十二神将饶益
ben yuan gong de　　yi ming shuo shi er shen jiang rao yi
有情结愿神咒。亦名拔除一切业
you qing jie yuan shen zhou　　yi ming ba chu yi qie ye
障。应如是持。
zhang　　ying ru shi chi

124

Ananda fragte Buddha dann:

„Hochverehrter Lehrer, wie nennen wir dieses Sutra?
Und wie halten wir es fest?"

Shakyamuni Buddha sagte zu Ananda:

„Dieses Sutra nennen wir
**Medizin Buddha, Tathagata des Lichts Lapislazuli
und seine grundlegenden Gelübde und Wohltaten**
nennen wir es auch
**Mächtige Dharani und Gelübde der zwölf Yaksas
Generäle zu Gunsten aller Lebewesen**
und wir nennen es auch noch
Das Beseitigen aller karmischen Hindernisse.

So müsst Ihr es festhalten, und fleißig lernen und
praktizieren!"

时薄伽梵说是语已。诸菩萨摩诃
shi bo qie fan shuo shi yu yi zhu pu sa mo he

萨及大声闻。国王大臣。婆罗门
sa ji da sheng wen guo wang da chen po luo men

。居士。天。龙。药叉。健达缚
ju shi tian long yao cha jian da fu

。阿素洛。揭路荼。紧捺洛。莫
a su luo jie lu tu jin na luo mo

呼洛伽。人非人等。一切大众。
hu luo qie ren fei ren deng yi qie da zhong

闻佛所说。皆大欢喜。信受奉行
wen fo suo shuo jie da huan xi xin shou feng xing

。

Als Shakyamuni Buddha dieses Sutra zu Ende vorgetragen hatte, waren die großen Bodhisattvas, die großen Sravakas, Könige, Minister, Brahmins, Laien, Devas, Nagas , Yaksas, Gandharvas, Asuras, Garudas, Kinnaras, Mahoragas, also, sowohl die Menschen als auch die nichtmenschlichen Lebewesen, alle glücklich darüber, es von Buddha gehört zu haben.

Sie glaubten fest daran und entschieden sich, es dementsprechend zu praktizieren.

药师琉璃光如来
本愿功德经

三宝弟子纱福恭译中文成德文

西元 2010－2011 于德国汉堡，娑婆世界

Das Sutra über Medizin Buddha Tathagata des Lichts Lapislazuli

Die Erfüllung seiner grundlegenden Gelübde und Wohltaten

Übersetzung vom Chinesischen ins Deutsche von
Miao Fu, Schüler der Drei Buddhistischen Juwelen
— Buddha, Dharma und Sangha —

2010 - 2011 in Hamburg, Deutschland, Erde, Soha Welt

皈依佛
皈依法
皈依僧

Wir bekennen uns
zu dem Dharma von den Buddhas
und den Bodhisattvas

释 词

阿罗汉：译为不生或杀贼，杀烦恼贼。小乘最高的果位，不再受生死果报，当受人天供养。

阿耨多罗三藐三菩提：译为无上正等正觉，真正平等觉知一切真理之无上智慧。

八分斋戒：又作八关斋，八支斋，八戒。就是不杀、不盗、不淫、不妄语、不饮酒、不自装饰去观看歌舞、不眠坐高广华丽床座、不吃非时之食即午后不食。第一条到第七条是戒，第八条是斋，故称八斋戒。

苾刍、苾刍尼：比丘，或译为乞士、破烦恼、净持戒、能怖魔者。出家为佛弟子，受具足戒的男僧人。女僧人称比丘尼。

大乘：乘意为运载。相对小乘来说，求灰身灭智空寂的涅槃教法称为小乘。开一切智的教法称为大乘。法华经譬喻品说"若有众生从佛世尊闻法信受，勤修精进，求一切智、佛智、自然智、无师智、如来知见，力无所畏，愍念安乐无量众生，利益天人，度脱一切是名大乘。

独 觉： 又 称 缘 觉、 辟 支。 喜 欢 寂 静 独 自 修 行，生 时 没 遇 到 佛 或 受 佛 教 导，自 己 觉 悟 而 脱 离 生 死，不 能 兼 济 他 人，故 称 独 觉。

佛： 译 为 觉 者 或 智 者， 一 切 众 生 断 三 界 烦 恼 果 报 尽 者 名 为 佛。圣 能 觉 知 不 受 烦 恼 侵 害。觉 知 一 切 诸 法， 能 自 觉 觉 他。 薄 伽 梵， 译 为 世 尊， 佛 的 第 十 个 尊 号，佛 具 万 德，世 所 钦 仰 尊 重。

劫 – 长 时 或 大 时，就 世 界 成 住 坏 空 而 立 之 数 量。 人 寿 平 均 年 龄 自 十 岁，百 年 增 一 岁，至 八 万 四 千 岁。再 由 平 均 年 龄 八 万 四 千 岁，百 年 减 一 岁，减 至 十 岁。 如 此 一 增 一 减 为 一 小 劫。 二 十 小 劫 为 一 中 劫。 经 成、住、坏、空 四 期，共 八 十 小 劫 为 一 大 劫。十 大 劫 大 约 是 地 球 上13438400000 年。

六 道： 众 生 各 乘 业 因 去 轮 迴 的 道 途。 有 天 道、人 道、阿 修 罗 道、畜 生 道、饿 鬼 道、地 狱 道。善 业 多 的 往 生 前 三 善 道，恶 业 多 的 往 生 后 三 恶 道。看 善 恶 业 的 轻 重 各 去 往 生。

六度：又称六波罗蜜，波罗蜜意为度到彼岸。修行布施、持戒、忍辱、精进、禅定、智慧六种功课以达度到涅槃岸。前五行是修福报，后一行修智慧。以福行助成智行，以智行而断惑证理，渡到生死海彼岸。

婆罗门：印度四种姓之首，当祭司等神职。奉事大梵天而修净行之一族。

菩萨：通称大士，发大心求道求大觉之人，以利益众生，能自利利他。

肉髻：佛菩萨顶上有一个肉团如髻状。实是顶骨涌起自然成髻。常见于修行多年成道的大师们也有微微涌起的顶骨。

三聚戒：又称三聚净戒。有五戒，道俗共戒。八戒，在家人受。十戒，出家人受。原则是不作不该作的事，修行一切善法，以利乐一切有情众生为己任。三种都遵行就是具三聚戒。

三摩地：又称三昧,即定、等、持。心念止定安静，不会轻浮上上下下的，保持不散乱，就是住三摩地。

十善：不犯十恶就是行十善。不作杀、盗、淫、妄语、两舌、恶口、绮语、贪、瞋、痴十种事。通常来说，顺理是善，违理的是恶。

声闻：听闻佛的圣教，觉悟苦集灭道四谛的真理。能断见思惑而入于涅槃者。

天龙八部：人和非人，即天、龙、药叉、干塔婆、阿修罗、迦楼罗、紧那罗、摩睺罗迦。
天，光明自然清净，受最胜果报的天神。
龙，长身无足，有神力，能变化云雨。
药叉，勇健天人，能轻捷迅速飞行。
干塔婆，天上乐神，以香为食。
阿修罗，好战神，有天人福报却没天人品德，没有酒喝。
迦楼罗，金翅鸟，喜吃龙，死时自焚身亡。

紧那罗，天上歌神，人形，头上有一角，似人非人，男的马首人身，女的端正能舞。

摩睺罗迦，大蟒神，人身蛇首。

陀罗尼：译为总持，能持善法不使散失，持恶法不使起作用。有法、义、咒、忍陀罗尼。在此指咒陀罗尼，即佛在定中放光，光中所说能发神验除灾患。

像法时期：凡一佛出世则以其佛为本，立正法、像法和末法时期。虽有不同的分法，大致可解说为佛出世到去世后五百年，法仪未改称为正法时期。五百年后到一千年间，佛去世已久，道化有差误讹替称为像法时期。一千年后到一万两千年佛法渐转微弱，法力渐衰直到消失称为末法时期。

优婆舍、优婆夷：清信士、清信女。亲近奉事三宝，受三皈守五戒在家修行的男子称为优婆舍，女子称为优婆夷。

Begriffe

Die Acht Disziplinen – 1. nicht töten, 2. nicht stehlen, 3. kein unmoralisches Sexleben treiben, 4. nicht betrügen, 5. sich nicht betrinken, 6. kein Make-up tragen, ins Theater, ins Konzert oder in die Oper gehen, 7. nicht auf großem, luxuriösem Bett schlafen, 8. nicht mehr essen nach Mittagszeit; 1.– 7. sind Disziplinen des Benehmens, 8. ist eine Disziplin des Fastens

Die Acht Typen von Himmelswesen – Devas, Nagas, Yaksas, Gandharvas, Asuras, Garudas, Kinnaras, Mahoragas
Devas – Gottheit und Engel, hell mit Licht, rein und natürlich, leben im Himmel
Nagas – Drachen mit Übermacht, beherrschen Wolken- und Regen-Umwandlung
Yaksas – mutige, kräftige Wesen, die sehr schnell fliegen können
Gandharvas – die Muse der Musik, nehmen Duft als Nahrung zu sich
Asuras – jähzornige Krieger, kämpfen gern; obwohl mit vielem Glück im Himmel leben, haben jedoch schlechtes Benehmen, daher bekommen kein Wein zu trinken
Garudas – Phönixe mit riesigen Flügeln, essen gern Drachen, beim Sterben verbrennen sich mit eigenem Innenfeuer zu Asche, und daraus entstehen wieder neues Leben

Kinnaras – göttliche Sänger, haben menschliche Gestalt, besitzen ein Horn auf dem Kopf; die weiblichen können außer singen auch noch gut tanzen

Mahoragas – große Schlange Gottheit, mit Menschenkörper, Schlangenkopf

Anuttara-Samyak-Sambodhi – die höchste vollkommene Erleuchtung

Arhat – der Erleuchtete, der das Nirvana erlangt hat, daher nicht wieder in den Zyklus des unkontrollierten Todes und der Wiedergeburt eingehen muss; der Ehrwürdige verdient Darbringungen von allen Lebewesen

Bhiksus / Bhiksunis – Mönche und Nonnen, die Ordensregeln halten; werden auch Edle Bettler, Sorgen-Beseitiger genannt; können Teufel einschüchtern

Bodhisattva – ein erleuchtetes Wesen oder jener, der die Erleuchtung anstrebt, um allen Lebewesen zu helfen, sich vom Leiden des Samsaras zu befreien

Brahmins – die obersten Mitglieder der vier Hindu-Kasten, die meistens Priester Position besitzen

Buddha – ein Erwachter, ein vollkommen erleuchtetes Wesen, der alle Sorgen und Hindernisse überwunden hat und anderen Lebewesen zum Erleuchten helfen kann

Dharma-Simili-Epoche – die drei Epochen einer Buddha-Lehre, Dharma-Aufrecht-Epoche, Dharma-Simili-Epoche und Dharma-Ende-Epoche; es gibt dafür variable Interpretationen, eine allgemeine anerkannte ist z.B. folgende:

Dharma-Aufrecht-Epoche – Shakyamuni Buddhas Lehre auf unserer Welt, von Buddhas Lebzeiten bis 500 Jahre, da die Lehre noch aufrecht gehalten worden war, nennt man Dharma-Aufrecht-Epoche

Dharma-Simili-Epoche – 500 bis 1000 Jahre nach Buddhas Lebzeiten(n. B. L.); die Lehre hat im Laufe der Zeit Abweichungen erfahren, diese nennt man dann Dharma-Simili-Epoche

Dharma-Ende-Epoche – 1000 bis 12.000 Jahre (n. B. L.), der Einfluß der Buddhalehre läßt allmählich nach, bis sie am Ende auf unserer Welt ganz erloschen ist, nennt man Dharma-Ende-Epoche; der nächste Buddha, z.Z. **Bodhisattva Maitreya**, der auf unserer Welt erscheint, wird, laut dem Brahma-Netz-Sutra, in 5.670.000.000 Jahren sein

Dharani – wörtlich übersetzt heißt es halten, hier bedeutet es wundersame Sprüche; was ein Buddha in tiefer, meditativer Konzentration ausspricht, dabei Licht Ausstrahlungen aussendet, hat magische, heilende Wirkung

Die Drei Umfassenden Gebote – es gibt 3 Gebote, die für Laien gelten; 10 Gebote, die für Mönche gelten; und 5 Gebote, die für Mönche und Laien gelten; die Prinzipien sind
- nicht Unrechtes tun, was man nicht tun soll
- Gutes tun, was man tun soll
- stets Gutes für anderen tun soll

wenn man die drei Prinzipien im täglichen Lebensumgang praktiziert, dann bedeutet es die Drei Umfassenden Gebote zu halten

Die Disziplinen der Bodhisattvas – es gibt hauptsächlich sechs Disziplinen
- freigebig sein
- Gebote halten
- Demütigung aushalten
- Dharma fleißig lernen
- tiefe Meditation üben
- Weisheit fördern

Die 6 Paramitas, Methode, die zum anderen Ufer führen; die ersten fünf Disziplinen sind Kultivierung der positiven Qualitäten und Pflege des Glücks, um den anderen Lebewesen zu dienen; denn bevor man anderen dienen kann, muß man es selbst auch können,

und diese Fähigkeiten sind die Voraussetzungen für die Weisheit;
die Weisheit führt schließlich zur Erleuchtung

die Kalpa - die längste Zeiteinheit in der zyklischen Kosmologie;
bezeichnet einen sehr langen Zeitabschnitt; sie wird nach buddhi-
stischer Lehre so berechnet: das Menschenleben von durchschnitt-
lich 10 Jahren, je weitere hundert Jahre verlängert sich das
Lebensalter um ein Jahr mehr, bis zum Alter von 84000 Jahren; ab
dann verkürzt sich das Menschenleben wieder je hundert Jahre um
1 Jahr weniger, bis zum durchschnittlichen Alter von 10 Jahren; so
ein Zyklus, der das Universum braucht, um zu entstehen, zu verweilen, zu vergehen und zu verfallen in die Formlosigkeit und Un-
definierbarkeit, so wird dann eine kleine Kalpa genannt; 20 kleine
Kalpa machen eine mittlere Kalpa; durch 4 Perioden: Entstehen,
Verweilen, Vergehen, Verfallen bilden eine große Kalpa; also, ins-
gesamt 80 kleine Kalpa machen eine große Kalpa; zehn große
Kalpa wären nach unserer irdischen Zeitrechnung ca. 13438400000
Jahre

Mahayana – bedeutet „Großes Fahrzeug", es gibt noch Hinayana
„Kleines Farhzeug" und Vajrayana „Diamant Fahrzeug"
Vajrayana – die tantrische Lehre, die nach Vollkommenheit der
Weisheit anstrebt, wird in Indien und Tibet verbreitet
Hinayana – mit dem Kleinen Fahrzeug strebt man nur seine eigene

persönliche Befreiung an, wird in Südostasien wie in Thailand verbreitet

Mahayana – befördert mit dem Großen Vehikel nicht nur sich selbst, sondern auch die anderen Lebewesen zu anderer Seite des Ufers, wird in China, Taiwan, Japan und Korea verbreitet

Pratyeka – jemand, der gern allein praktiziert, ist zu seinen Lebzeiten zwar Buddha nicht begegnet und hat die Buddha-Lehre nie gehört, hat jedoch durch Beobachtung vom Zyklus im Universum – entstehen, wachsen, vergehen und sterben – auch die Erleuchtung erlangen können; meistens kümmert er sich nur um seine eigene Befreiung

Samadhi – bedeutet halten, fixieren, gleichmäßigen Zustand behalten; durch Konzentration einen tiefen Meditationszustand halten.

Sechs Lebensebenen – die Lebewesen werden je nach ihrem Karma auf eine von den sechs Lebensebenen wiedergeboren; es gibt Himmel-, Menschen-, Asuras-,Tiere-, Hungergeister-, und Höllen-Ebenen; mit positivem Karma geht man zu einer der ersten drei höheren Ebenen, mit negativem Karma geht man zu einer der letzten drei niedrigeren Ebenen; jedoch sind diese Ebenen eher Lebenszustände, die man empfindet

Sravaka – diejenigen, die die buddhistischen Vier Edelen Wahrheiten gänzlich begreifen und sich von der Welt befreien können

Upasakas/Upasikas – Männer und Frauen,die an Buddha, Dharma und Sangha glauben und 5 Gebote im täglichen Leben praktizieren

Usnisa – knotenartige Erhebung auf dem Schädel; das ist eine von den 32 ausgezeichneten äußeren Merkmalen von Buddhas; man sieht sie auch manchmal bei edlen Mönchenmeistern, die in ihrem langen Leben immer buddhistische Disziplinen praktiziert haben

Zehn Guten Wohltaten – wenn man die Zehn Unheilsamen Taten vermeidet, dann tut man was Gutes, nämlich nicht töten, nicht stehlen, nicht unmoralisches Sexleben treiben; nicht lügnerisches, zwieträchtiges, verletzendes und sinnloses reden; kein Gier, Hass und Verblendung im Herzen tragen; dies sind die guten zehn Wege, die zum glücklichen Leben führen

参 考 经 书 和 善 书 名 单
Literaturliste

阿难问事佛吉凶经 – 后汉沙门安世高译/台北佛陀教育基金
会印 / Taipei, Taiwan

安士全书 – 清怀西居士周安士著述 / 台北佛陀教育基金会
印 / Taipei, Taiwan

大方广佛华严经 – 唐于阗国三藏沙门实叉难陀译 / 台北佛
陀教育基金会印 / Taipei, Taiwan

大方广圆觉修多罗了义经 – 唐罽宾沙门佛陀多罗译 / 台北
佛陀教育基金会印 / Taipei, Taiwan

大佛顶首楞严经 – 唐天竺沙门般剌密帝译 / 台北佛陀教育
基金会印 / Taipei, Taiwan

大乘妙法莲华经 – 姚秦三藏法师鸠摩罗什奉詔译 / 台北佛
陀教育基金会印 / Taipei, Taiwan

佛说阿弥陀经 — 姚秦三藏法师鸠摩罗什译 / 台北佛陀教育基金会印 / Taipei,Taiwan

佛说大乘无量寿庄严请净平等觉经 — 菩萨戒弟子郓城夏莲居会集各译 / 台北佛陀教育基金会印 / Taipei,Taiwan

佛说观无量寿佛经 — 刘宋西域三藏法师畺良耶舍译 / 台北佛陀教育基金会印 / Taipei,Taiwan

佛说灌顶拔除过罪生死得度经 — 东晋天竺三藏帛尸梨蜜多罗译 / 台北佛陀教育基金会印 / Taipei, Taiwan

佛说药师如来本愿经 — 隋天竺三藏达摩笈多译 / 台北佛陀教育基金会印 / Taipei,Taiwan

佛学大辞典 — 丁福保编 / 台北佛陀教育基金会印 / Taipei,Taiwan

佛学入门 — 佛陀教育基金会编印 / Taipei,Taiwan

佛学问答 — 李炳南居士著述 / 台北佛陀教育基金会印 / Taipei,Taiwan

感应篇彙编白话故事集 – 苏俊源编撰 / 台北佛陀教 育 基金
会印 / Taipei, Taiwan

观世音菩萨普门品讲记 – 演培法师讲 / 台北佛陀教 育 基金
会印 / Taipei,Taiwan

金刚般若波罗蜜经 – 姚秦三藏法师鸠摩罗什译 / 台 北佛陀
教育基金会印 / Taipei,Taiwan

了凡四训讲记/修福积德造命法 – 净空法师 讲述 / 台北佛陀
教育基金会印 / Taipei,Taiwan

普贤大士行愿的啓示 – 净空法师 讲述 / 台北佛陀教 育基金
会印 / Taipei,Taiwan

如何消业障菩提道上一帆风顺 – 台北佛陀教育基金 会编印
/ Taipei,Taiwan

生与死-佛教轮回说 – 陈兵 著 / 内蒙古人民出版社, 呼和浩
特 / Mongorian

谈因 – 尤雪行居士编 / 台北佛陀教育基金会印 /
Taipei,Taiwan

药师本愿经讲记 – 太虚大师著 / 台北佛陀教育基金会印 / Taipei,Taiwan

药师经疏钞择要 – 伯亭老人疏钞.普霖择要 / 台北佛陀教育基金会印 / Taipei,Taiwan

药师经析疑 – 弘一大师著 / 台北佛陀教育基金会印 / Taipei,Taiwan

药师经注辑 – 刘朗暄居士解 /台北佛陀教育基金会印 / Taipei,Taiwan

药师琉璃光七佛本愿功德经 – 唐三藏法师义净译 / 台北佛陀教育基金会印 / Taipei,Taiwan

药师琉璃光如来本愿功德经 – 唐三藏法师玄奘译 / 台北佛陀教育基金会印 / Taipei,Taiwan

Buddha, sein Leben, sein Wirken, seine Lehre – Osho, übersetzt von Jochen Lehner / Lotos Verlag, München

Buddhismus für Dummies – Jonathan Landaw, Stephan Bodian / Wiley-VCH Verlag, Weinheim

Das Tibetische Buch vom Leben und vom Sterben – Sogyal Rinpoche / Fischer Taschenbuch Verlag, Frankfurt am Main

Das Wort des Buddha – Nyanatiloka / The Corporate Body of the Buddha Educational Foundation / Taipei, Taiwan

Die Mythen Asiens – Clio Whittaker, übersetzt von Wiebke Diederichs / Evergreen GmbH, Köln

Geheimnisse des Buddhismus – Tom Lowenstein / Gerstenberg Verlag, Hildesheim

Mit dem Herzen denken – Dalai Lama, aus dem Englischen von Sabine von Minden / Fischer Taschenbuch Verlag, Frankfurt am Main

Was die Seele krank macht & was sie heilt – Thomas Schäfer / Weltbild Verlagsgruppe GmbH, Steinerne Furt, Augsburg

Wenn der Körper Signale gibt, die psychotherapeutische Arbeit
Bert Hellingers – Thomas Schäfer / Weltbild Verlagsgruppe GmbH,
Steinerne Furt, Augsburg

A Pictorial Biography of Sakyamuni Buddha, Chinese-English –
Original Illustration and Narration in Thai by Gunapayuta, Translation
into Chinese by Bhiksu Jan Hai, Translation into English by Z.A.Lu /
The Corporate Body of the Buddha Educational Foundation /
Taipei, Taiwan
http:// www.budaedu.org

Brahma-Net Sutra, Moral Code of the Bodhisattvas – Sutra Translation
Committee of the United States and Canada / The Corporate Body of the
Buddha Educational Foundation / Taipei, Taiwan

Changing Destiny / Liaofan´s Four Lessons – Ven.Master Chin Kung /
The Corporate Body of the Buddha Educational Foundation /
Taipei, Taiwan

Heart Sutra – Translation by Master Lok To / The Corporate Body of the
Buddha Educational Foundation / Taipei, Taiwan

Master Hsu Yun's Discourses and Dharma Words – edited, translated and explained by Charles Luk / The Corporate Body of the Buddha Educational Foundation / Taipei, Taiwan

Medicine Buddha Sutra – Dharma Master Hsuan Jung by Minh Thanh & P.D.Leigh / The Corporate Body of the Buddha Educational Foundation / Taipei, Taiwan

Pure Land Pure Mind – Master Chu-Hung and Master Tsung-Pen, translated by J.C. Cleary / Sutra Translation Committee of the United States and Canada / New York, San Francisco, Toronto

Pure-Land Zen, Zen Pure-Land – Letters from Patriarch Yin Kuang, translated by Master Thich Thien Tam / Sutra Translation Committee of the United States and Cananda / New York, San Francisco, Toronto

The Sutra of Bodhisattva Ksitigarbha's Fundamental Vows – translation by Upasaka Tao-Tsi Shih / The Corporate Body of the Buddha Educational Foundation / Taipei, Taiwan

To Understand Buddhism – The Collected Works of Venerable Master Chin Kung / The Corporate Body of the Buddha Educational Foundation / Taipei,Taiwan /
http://www.budaedu.org
E-Mail:budaedu@budaedu.org

Zeitfracht Medien GmbH
Ferdinand-Jühlke-Straße 7
99095 Erfurt, Deutschland
produktsicherheit@kolibri360.de